사춘기
수호천사

성장시키는 7가지 열쇠

나의 공부와 인생을

사춘기 수호천사

이범 (교육평론가)
홍은경 (동화작가) 지음

다산지식하우스

자신의 딸과 상담해 달라는 한 학부모의 요청을 받은 적이 있다. 그 가족은 서울 강남의 최고급 주상복합 아파트에 살고 있었는데, 상담을 해 보니 중학교 3학년 딸은 학원·과외·학습지 등 온갖 종류의 사교육을 받으면서 자기주도적 학습 능력을 거의 잃어버린 지경에 이르러 있었다. 전형적인 '학원 중독증' 증세였다. 나는 당장 사교육 의존도를 절반 이하로 낮추고 일부 과목부터라도 자신이 계획을 세우고 책임지는 학습 습관을 키워 가야 한다고 조언했지만, 이런 조언은 전혀 먹혀들지 않았다. 일 년 후, 그 학부모가 다시 상담을 요청해 왔다. 고등학교 1학년이 된 딸의 성적이 추락해서 주변에 말하기도 민망한 성적이 되었다는 것이었다.

이것은 빙산의 일각일 뿐이다. 이 책은 오랫동안 다양한 유형의 학생 및 학부모들과 상담하면서 축적한 경험을 토대로 지어졌다. 주인공 현지와 엄마의 갈등, 그리고 쉽지 않은 해결 과정을 담은 이야기에는 오늘날 우리 청소년들의 교육 현실이 가슴 저리도록 깊이 스며들어 있다.

공부는 결코 '외형'으로 하는 것이 아니라 마음, 즉 '내면'으로 하는 것이다. 학생들은 문제집 몇 권을 풀었는지 자랑삼는 식의 외형적 성과들에 기대려 하지만 내면이 결핍되면 외형으로 위안 받긴 어렵다. 그동안 내가 만난 최상위권 학생들이 가진 공통적인 특징은 '자기성찰 능력'이 뛰어나다는 것이었다. 자신의 내면을 제대로 들여다볼 줄 아는 사람이 자신만의 공부 페이스를 유지할 수 있고, 자기수양의 힘을 통해 공부를 방해하는 각종 유혹을 이겨 낼 수 있다.

하지만 보통 사람들은 온전히 내면의 힘만으로 유혹을 이겨 내고 페이스를 유지하기 힘들다. 그래서 공부에 중요한 청소년기에 꼭 필요한 역할이 바로 페이스메이커pacemaker이다. 흔히 육상이나 수영에서 다른 선수들이 좋은 기록을 낼 수 있게 페이스를 조절하는 역할을 맡은 사람을 페이스메이커라고 하며, 심장이 규칙적으로 뛰도록 신호를 보내는 심장박동 조절기 역시 페이스메이커라고 부른다. 여기서 중요한 것은, 청소년기에 자신의 공부 페이스를 잘 조절할 수 있게 도와주고 나아가서는 인생의 방향을 올바르게 설정할 수 있도록 돕는 우리 주변의 '조력자' 역시 페이스메이커라고 부를 수 있다는 사실이다.

그렇다면 누가 자신의 페이스메이커가 될 수 있을까? 부모일 수도 있고, 선생님일 수도 있으며, 선배나 친구, 또는 그 밖의 지인일 수도 있다. 특히 우리나라의 교육 환경에서는 부모의 역할이 중요하다.

그러나 부모가 일방적으로 자녀를 끌고 가는 것을 페이스메이커 역할로 착각해서는 곤란하다. 많은 극성 학부모들은 자녀가 초등학교 다닐 때부터 자신이 만들어 놓은 허상 속에 아이를 가둬 놓으려 한다. 아이를 신뢰하지도 않고, 아이에게 충분한 시간을 주거나 기다려 주지도 않는다. 아이를 거의 공부하는 '로봇'으로 만들려고 시도하는 것이다. 그리고 엄청나게 많은 학부모들이 앞뒤 살피지 않고 자녀를 학원에 맡겨 놓아 '학원 중독증' 환자로 만들고 있다.

　이 책은 이러한 한국 교육 현실이 바뀌지 않으면 학부모와 자녀 모두 공멸할 수밖에 없음을 사실적이고 공감 가는 이야기로 제시하고자 한다. 누구든 간에 그 주변에 숨어 있는 조력자, 즉 페이스메이커의 도움 없이 혼자 성공할 수 없다. 그리고 그것을 깨달은 사람은 어느새 다른 사람의 페이스메이커가 될 수 있다. 진정한 페이스메이커는 수많은 조력자들과 교감하면서 어느덧 자신의 마음속에 자리 잡기 때문이다. 그래서 '겸손'이란 보이지 않는 페이스메이커들을 어느덧 볼 수 있게 되고 그들에게 감사할 줄 알게 되면 필연적으로 갖게 될 수밖에 없는 최고의 재산이다. 이런 감사의 마음은 최고의 동기가 되어 우리를 성공으로 이끈다. 오늘날 모든 학부모와 자녀, 나아가 우리나라에 필요한 것이 바로 이런 페이스메이커 역할 아닐까.

　그래서 나는 내 주위의 페이스메이커들에게 언제나 마음속으로 깊이 감사 인사를 드린다. 그들이야말로 사춘기의 진정한 수호천사다. 여러분에게도 각자의 수호천사가 있어 온갖 유혹을 상처입기 쉬운 날개로 막아 주고 있다는 사실을, 나는 이제 잘 안다. 이 책에서는 내 교육 철학과 생각을 독자들이 머리 아닌 마음으로 받아들일 수 있는 스토리텔링으로 펼치고 싶었다. 이 분야의 전문가로서 내 철학과 생각을 완벽하게 이야기로 만들어 내어 담아 주신 홍은경 작가님께 무한한 감사를 드린다. 이 책을 읽는 독자들의 얼굴에 감사와 겸손의 웃음이 떠오른다면, 그 공은 대부분 홍은경 작가님의 것이다. 나머지 공은 이 기획을 창안하고 진행 역시 충실히 도와주신 서정 콘텐츠 에이전시, 그리고 최고의 책으로 만들어 독자에게 안겨 주신 다산북스 여러분께 돌린다.

이 범 드림

차례

행복 끝 불행 시작

'아, 진짜 싫어.'

현지는 억지로 책상 앞에 앉으며 투덜거렸다. 엄마라는 사람들은 딸을 못살게 굴어야 직성이 풀리는 존재인 모양이다. 왜 잠도 못 자게 새벽부터 깨우고 난리란 말인가.

"책 펴!"

풀로 딱 붙여 놓은 것처럼 눈이 잘 떠지지 않았다. 온몸을 휘감고 있는 잠 때문에 팔다리가 제대로 움직이지 않았고 의자랑 책상에 부딪혀 아프기도 했다. 5분만, 더도 말고 딱 5분만 더 자고 싶었다.

"어서!"

엄마가 재촉했다.

현지는 느릿느릿 책장에서 참고서를 꺼냈다.

"빨리빨리 하지 못해!"

아까보다 성마르고 한 옥타브는 올라간 목소리가 쨍 날아왔다. 마지못해 참고서를 펼쳤으나 눈에 들어올 리가 없었다. 눈꺼풀이 천근만근으로 무거워 저절로 감겼다.

"읽어."

엄마의 목소리는 다시 낮아져 방바닥에 무겁게 깔렸다. 창문으로 새벽 푸르스름한 빛이 비껴들고 있었다.

현지는 아직 저쪽 잠의 세계에 걸쳐 있는 정신 때문에 비몽사몽인데 책을 읽으라는 엄마의 명령을 이해할 수 없었다.

'진짜 최악이야.'

엄마가 정말 싫었다. 빈말이 아니다. 코흘리개 애들이 "엄마, 미워" 하고 떼쓰는 것과는 본질이 다르다. 군인처럼 명령하는 저 목소리는 듣기만 해도 정나미가 똑똑 떨어졌다.

"읽으라니까."

"엄마, 나 너무 졸려. 딱 5분만 더 자고 읽을게."

현지가 볼멘소리를 내뱉었으나 엄마는 요지부동이었다.

"그럼 가서 세수하고 와."

엄마는 강제로 현지를 일으켜 세워 욕실로 등 떠밀었다. 현지는 어쩔 수 없이 세수를 해야 했다.

"찬물로 해."

온수를 잠가 버리고 냉수를 콸콸 틀어 놓는 엄마. 아, 도대체 엄마는 왜 나를 못 잡아먹어 안달일까. 현지는 속에서 무언가가 치받혀 올라오는 것 같았다. 아직 쌀쌀한 3월인데 찬물로 세수를 하라니, 진짜 엄마가 맞기나 한 걸까.

현지는 오기로 찬물에 손을 담갔다. 뼛속까지 찬기가 전해져 오싹 소름이 돋았다. 그러나 현지를 지켜보는 엄마의 시선이 찬물보다 더 차가웠다.

찬물로 세수하고 나니 조금 정신이 드는 것도 같았다. 그렇다고 엄마의 명령대로 책상 앞에 얌전히 앉아서 영어책을 읽을 기분은 전혀 들지 않았다. 도대체 세상천지에 자다 말고 일어나 찬물로 세수하고 영어책을 소리 내어 읽을 중학생이 어디 있단 말인가.

"자, 얼른 읽어!"

현지는 할 수 없이 영어책을 펼치고 읽기 시작했다.

"매니 플라워스 컴 업 인 디스 시즌. 섬머 컴스 애프터 스프링……."

작년까지만 해도 엄마가 저렇지는 않았다. 아니, 올해 초만 해도 엄마는 현지를 못살게 굴지 않았다.

엄마가 변한 건 현지가 중학생이 되면서부터였다. 좀 더 정확하게 말한다면 진단평가 때문이었다. 며칠 전, 전국의 중학교 신입생들을 대상으로 일제고사를 보게 한다는 뉴스를 본 직후부터 엄마가 저러는 것이다.

"전국의 중학생들이 한꺼번에 시험을 본다고? 반 등수는 물론, 전국 등수까지도 나온다고?"

엄마는 아파트에서 불이라도 난 것처럼 안절부절못했다.

"큰일이네."

발까지 동동 굴렀다.

"어떡하지?"

엄마는 잔뜩 불안한 표정으로 아빠를 쳐다봤다. 아빠는 소파에 길게 누워서 텔레비전을 보고 있었다.

"현지 아빠, 어떡해."

"······."

"당신 내 말 안 들려?"

"어?"

그제야 아빠는 엄마를 힐긋 쳐다봤다.

"당신 걱정도 안 되냐고."

"뭐가?"

"방금 못 들었어? 일제고사를 본다잖아, 일제고사."

"들었지."

엄마가 인상을 팍 썼다.

"당신은 아빠라는 사람이 걱정도 안 돼?"

아빠는 무슨 말인지 알아듣지 못하는 눈치였다.

"일제고사를 보면 우리 현지가 전국에서 몇 등 하는지 딱 나올 거 아냐?"

"그런데?"

"아이 참. 당신은 어떻게……. 우리 현지가 만약에 전국에서 10만 등이라도 하면 어떡할 거야."

그 말에 거실 바닥에서 뒹굴거리던 현지가 벌떡 일어나 앉았다.

"창피해서 난 몰라."

엄마가 울상을 지었다.

현지는 갑자기 기분이 나빠졌다. 10만 등이라는 등수도 그렇거니와 창피하다고 말하는 엄마가 야속했다.

"왜 내가 10만 등이야!"

현지가 항변했다. 왜 가만히 있는 사람을 전국 10만 등으로 만들고, 갑자기 창피하다는 거야? 정말 이상한 엄마였다.

"아니, 말이 그렇다는 얘기지. 진짜로 그러면 큰일이게."

엄마는 미안해하는 표정을 지었다.

"그러니까 이번 시험 잘 봐야 해. 반 등수뿐만 아니라 전국 등수까지 알려 준다잖아. 전국 1등은 바라지도 않고, 전교 1등도 바라지도 않아. 그냥 반에서 1등만 해라, 응?"

"알았어. 생각해 보고."

현지는 다시 바닥에 벌렁 누우며 장난처럼 대꾸했다.

"그런데 반에서 1등하면 전국에선 몇 등이나 되나?"

아빠가 문득 궁금해했다.

"전국에 중학교가 몇 개나 되지?"

그러더니 한참 계산하는 눈치였다.

"반에서 1등 해도 전국에서는 몇 천 등, 아니 몇 만 등 되겠는데?"

"뭐어? 몇 만 등?"

엄마는 아빠랑 현지를 번갈아 가며 보았다.

"상위 1프로에는 들지 못할망정 5프로에는 들어야 하는데……. 정말 큰일이네. 몇 만 등이라니, 말도 안 돼."

엄마가 현지를 쏘아보았다.

"현지, 너 지금 뭐하는 거야? 공부 안 해?"

현지는 여전히 바닥에서 뒹굴거리며 텔레비전만 보았다.

"얼른 일어나 가서 공부해! 내일모레가 시험인데, 어떻게 그렇게 태평이니? 중학교 가자마자 망신당할래?"

엄마는 현지의 엉덩이를 세게 때렸다.

"아프잖아!"

"얼른 들어가 공부해."

그러더니 강제로 일으켜 세워 방으로 몰아넣었다.

"왜 갑자기 난리야!"

현지는 들어가지 않으려고 버텼다.

"공부하라고!"

"아까 다 했어."

"다 하는 게 어디 있어, 공부를. 어서 들어가!"

"아이 참, 드라마 봐야 하는데."

"얘가 지금 정신이 있는 거야, 없는 거야?"

"나 봐야 한단 말이야. 맨날 보던 거잖아."

"시끄러워!"

"갑자기 왜 그래?"

"잔말 말고 들어가 공부해."

결국 현지는 방으로 들여보내졌고, 등 뒤로 문이 쾅 닫혔다.

"지금부터 딱 한 시간만 하다가 자. 그리고 내일부터는 새벽 5시에 깨울 거야. 시험 볼 때까지 그렇게 할 거니까, 알아서 해!"

방문 너머로 엄마의 잔소리가 들려왔다.

"아유, 짜증 나."

현지는 입술을 비쭉거리며 그대로 침대로 들어가 버렸다.

괜한 엄포인 줄로만 알았는데 아니었다. 다음 날 아침 엄마는 정말로 새벽 5시에 현지를 깨웠다.

바로 그날부터였다. 현지에게 행복은 끝나고, 불행이 시작된 것은.

새벽에 잠도 못 자고 일어나 졸린 눈을 비비며 수학 문제를 풀거나 영어 단어를 외워야 하는 이 생활은 지옥과도 같았다. 대한민국에서 '중딩'으로 산다는 게 이처럼 고달픈 일인 줄은 정말 몰랐다.

"짝!"

돌연 어깻죽지에서 불이 나는 것 같았다. 현지는 소스라치게 놀라 어깨를 감싸 쥐고 의자에서 팔딱 일어났다. 졸음이 싹 달아났다.

엄마가 사천왕처럼 무시무시한 얼굴을 하고 바로 뒤에 서 있었다. 손에는 기다란 대나무 막대기를 들고서.

"정신이 번쩍 나지?"

"지금 그걸로 날 때린 거야?"

현지는 엄마가 들고 서 있는 대나무 막대기를 노려보았다.

"이게 죽비라는 건데, 스님들이 참선할 때 졸면 어깨를 탁! 하고 때려서 졸음을 쫓는 거야."

현지는 기가 막혔다.

"스님들도 공부할 땐 다 맞아 가면서 해. 그러니까 너도 공부하다 졸면 이렇게 확!"

엄마가 죽비를 휘둘러 보였다. 쌩! 하고 바람 가르는 소리가 울렸다.

"엄마!"

현지가 버럭 소리를 질렀다. 새벽에 잠도 못 자고 일어나 공부를 해야 하는 것도 억울해 죽겠는데 이제는 저 나무 막대기로 맞기까지 해야 하다니! 도저히 참을 수가 없었다.

"정말 너무하잖아."

"정신 나라고 그런 거야. 얼른 다시 앉아 공부해."

현지는 입술을 깨물고 엄마를 노려보았다.

"이번 일제고사가 얼마나 중요한 시험인지 알잖아. 그때까지만 고생해, 응?"

"다른 엄마는 안 그래. 남들 다 자는데 왜 나만 이래야 되는 건데?"

"그러니까 다행이지 뭐니. 다른 애들 쿨쿨 잠자고 있을 때 현지 너만 혼자 일어나 공부하고 있다고 생각해 봐. 뿌듯하잖아."

"뿌듯하긴 뭐가 뿌듯해!"

"이게 다 너 잘되라고 하는 일이지, 뭐 엄마 좋으라고 하는 건지 아니? 엄마도 힘들어."

"그러니까 안 하면 되잖아. 나 힘들어 죽겠단 말이야."

"알아. 엄마가 왜 모르겠니? 이번 시험 볼 때까지만 고생하자, 응?"

"……그럼 이번 시험 볼 때까지만이지?"

"그렇다니까."

현지는 할 수 없이 다시 책상 앞에 앉아야 했다.

"매니 플라워스 컴 업 인 디스 시즌. 섬머 컴스 애프터 스프링……."

이번 시험 끝날 때까지만 참자. 참자. 참자! 시험이 끝나면 이 모든 불행도 끝나겠지. 현지는 같은 구절을 계속 반복해 읽어 대면서 그 생각만 했다.

지상 최악의 날

하늘은 스스로 돕는 자를 돕는다고? 웃기는 소리다.

누가 그따위 허무맹랑한 말을 지어냈는지 현지는 이해가 되지 않았다. 얼마나 많은 순진한 애들이 그 말에 속아 열심히 스스로를 도왔을까.

하늘은 무심할 뿐이다. 하늘은 그저 치사하고 얄미운 뭐시기다. 그동안 엄마의 등쌀에 시달리며 지낸 시간들이 새삼 원통하고 분했다. 죽비로 맞아 가며 새벽부터 밤늦게까지 오로지 공부, 공부, 공부만 했는데, 도대체 어쩌자고 하늘은 이따위 등수로 그동안의 눈물겨운 노력을 비웃는 것인가. 중학교에 들어와서 처음 보는 시험이라 나름 열심히 노력했건만 실망이 이만저만 아니었다.

현지는 성적표에 또렷이 적혀 있는 등수를 보고, 또 보았다. 눈앞이 노래지면서 하늘이 빙글, 한 바퀴 도는 것 같았다. 세상에 태어나서 그런 숫자는 처음 보았다.

"자, 주목."

담임 선생님이 성적표를 다 나눠 주고 손바닥으로 교탁을 탕탕 쳤다. 반 아이들은 선생님 말씀을 아랑곳하지 않았다. 여기저기서 탄식이 터져 나왔고, 어떤 애는 책상에 엎드려 울기까지 했다. 분명히 반에서 1등 한 애도 있을 텐데, 어떻게 된 게 기뻐하는 애가 한 명도 보이지 않았다. 모두들 황당하고 기막혀했다.

"초등학교 때랑 많이 다르지?"

선생님은 다 알고 있다는 듯한 표정을 지어 보였다.

"중학생의 길은 말이야, 지금 성적표에서도 나타났듯이 그렇게 치열한 것이다. 한 줄로 쭉 세워서 등수를 매기게 돼 있거든. 선생님은 정말로 그러고 싶지는 않았는데, 어쩔 수 없지 않니? 현실이 그런걸? 그냥 운명이려니 하고 받아들여. 이건 시작에 불과해. 앞으로 중학교 3년, 고등학교 3년, 모두 6년 동안 너희는 그런 생활을 해야 해. 주위를 둘러봐. 지금 곁에 있는 친구들은, 이제 친구이면서 곧 경쟁자야. 너희는 서로 선의의 경쟁자가 되어서 열심히 싸워야 하는 거다. 알겠냐? 이건 총성 없는 전쟁이나 마찬가지야."

또 한 번 눈앞이 핑글 돌았다. 총성 없는 전쟁? 친구들끼리?

현지는 저도 모르게 책상아 꺼져 내려라 한숨을 내쉬었다.

"하지만 곧 익숙해질 거다. 너무 걱정하지 마. 이런 식의 성적표는 처음 받는 거라 얼떨떨해서 그런 거니까. 힘들 땐 이런 말을 떠올려라. 너희가 이담에 시집가면 벙어리 3년, 귀머거리 3년, 장님 3년이라고. 그렇게 말하지도 듣지도 보지도 못하는 것처럼 나 죽었소 하고 꾹 참고 살아야 해. 그만큼 시집살이가 고되다는 얘기지. 그런데 그건 9년이지만, 지금은 6년만 참으면 되지 않니?"

저걸 위로랍시고 하다니. 현지는 콧방귀를 꼈다. 담임 선생님의 말에 따르면 지금 6년을 참아 내도, 결혼하면 또 고난의 9년이 기다리고 있다는 뜻이 되는 게 아닌가. 그리고 왜 여자들만 참아야 하는 건가. 억울하다. 남자들도 장가가서 벙어리 3년, 귀머거리 3년, 장님 3년 해야지.

현지는 대학도 싫고, 결혼도 싫었다. 엄마의 인생 계획표에서 가장 중요한 두 가지는 바로 대학과 결혼이었다. 좋은 대학을 나와야 좋은 신랑을 얻는다는 거다. 새벽부터 깨우는 엄마에게 공부를 왜 해야 하느냐고 물으면 늘 돌아오는 대답이 그것이었다. 좋은 대학을 나와야 좋은 데로 시집간다.

하지만 지금 담임 선생님 말씀을 들으면 고생해서 얻는 게 결국 고생길, 지금보다 더 긴 고생길인 셈이다.

아아, 인생이란!

"현지야, 오현지!"

종례가 끝나고 선생님이 나가자 정민이가 복도에서 손짓을 했다. 현지는 정민이의 표정부터 살폈다.

"흥, 기집애."

현지는 공연히 심술을 부리고 싶었다. 표정이 밝은 걸 보니 성적이 좋게 나온 모양이었다. 정민이랑은 초등학교 때부터 친한 친구다. 4학년 때랑 6학년 때 같은 반이었다가, 같은 중학교로 왔다. 지금은 다른 반이지만 같은 아파트에서 살고 있고, 다니는 학원도 같아서 학교가 끝나면 꼭 함께 가곤 한다.

"성적표 얘기는 꺼내지도 마."

현지는 거칠게 책가방을 둘러메며 쌀쌀맞게 말했다. 정민이는 교문을 나설 때까지 아무 말도 하지 않았다. 좀 답답했다. 성적표 얘기를 하지 말라고 했지, 저렇게 아예 입을 꾹 닫으라고 했나? 괜히 심통이 난 현지가 뭐라고 한마디 하려는데, 그때 휴대폰이 울렸다.

"왜 이렇게 늦게 받아?"

휴대폰을 귀에 갖다 대자마자 쏟아져 나온 엄마의 목소리.

"지금 종례 시간이야. 끊을게."

현지는 조그맣고 다급하게 속삭인 뒤 전화를 끊어 버렸다. 옆에서 지켜보던 정민이가 눈을 커다랗게 뜨고 의아해하더니 이윽고 키득거렸다. 아주 재미있는 개그 프로그램이라도 봤다는 듯이 웃어 젖혔다.

정민이의 웃는 모습을 보니 현지도 웃음이 나왔다. 둘은 배를 감싸 쥐고 깔깔거렸다. 다른 반 애들이 힐긋힐긋 쳐다보며 지나갔다. 실컷 웃고 나니 기분이 조금 괜찮아졌다.

"넌 둘러대는 거 보면 선수더라."

현지는 어깨를 으쓱했다.

운동장에서 축구부 애들이 몸을 풀고 있는 모습이 보였다. 삐익, 축구부 선생님의 호루라기 소리가 종달새처럼 하늘을 날았다. 축구부 애들이 운동장을 달리기 시작했다.

"현지야, 쟤."

정민이가 현지 팔을 툭툭 치더니 축구부 애들 가운데 한 명을 가리켰다.

현지는 정민이가 누구를 말하는지 잘 알았다.

"뭐?"

현지는 일부러 모르는 척을 했다.

"축구부 애들은 오늘도 연습하나 봐."

"공부를 못하면 축구라도 잘해야지."

현지는 뽀얗게 먼지를 일으키며 운동장을 달리는 축구부 애들을 곁눈질했다.

"오늘 같은 날은 나도 땀을 뻘뻘 흘리며 운동이나 하고 싶다."

정민이가 중얼거렸다.

"나도 운동부에나 들어갈까?"

"난 땀 흘리며 운동하는 거 싫어. 냄새나고 지저분하잖아. 옷도 더러워지고."

현지는 교복을 탁탁 터는 시늉을 했다. 몸에 꼭 맞는 교복이었다. 다른 애들은 3년 동안 입을 거라며 넉넉하게 맞춰 입었지만, 현지는 그렇게 입는 게 싫었다. 촌스럽기 때문이었다. 자기 돈 주고 산 교복이 꼭 남의 옷 얻어 입은 것처럼 맞지 않아서야 어디 쓰겠는가.

마침 엄마도 옛날에 학교 다닐 때, 외할머니가 부대자루처럼 커다란 교복을 사 주어서 속상했다며, 딸 교복만은 몸에 꼭 맞게 맞춰주리라 결심했단다. 어찌나 큰 걸 샀던지 엄마가 중학교 3학년이 돼도 컸다고 했다. 엄마의 키가 그만큼 자라지 않은 탓도 있었지만.

맵시 있는 교복을 입게 해 주어서 그거 하나만큼은 엄마가 마음에 들었다.

"이거 들어 볼래?"

정민이가 새로 다운받은 노래를 들려주었다.

"오, 좋은데? 누구야?"

"테일러 스위프트. 노래 짱이지?"

멜로디가 귀에 속속 들어오고 몸에 짝짝 달라붙는 노래였다. 목소리도 시원시원해서 아주 마음에 들었다.

"화장도 눈만 굉장히 짙게 하는데 완전 쩔어."

현지는 정민이와 음악 타워로 갔다. 앨범과 화보 등등 음악에 관련된 모든 것을 파는 매장으로, 새로 나온 앨범을 직접 들어 보거나 동영상도 볼 수 있어서 시간 나면 들르는 곳이다.

정민이가 테일러 스위프트의 앨범을 찾아와 보여 주었다.

"와, 멋지다!"

긴 금발에다 까맣게 눈화장을 한 모습이 무척 매력적이었다.

"이게 스모키 화장법이래. 죽이지? 근데 이런 화장법이 우리 동양인한텐 안 어울린대. 귀신처럼 보인다나 어쩐다나."

동영상도 보았다. 노래도 멋지고, 얼굴도 매혹적이었다. 어떤 때는 청순해 보이고, 어떤 때는 마녀 같이 보이고, 또 어떤 때는 인형 같기도 했다. 현지는 김연아 언니 다음으로 테일러 스위프트가 좋아졌다.

"나 이거 살래."

"그냥 다운받아. 비싸잖아."

현지는 앨범을 들고 카운터로 가서 계산했다.

"또 지름신이 강림하셨구나."

"득템했다! 캬캬캬."

스트레스가 확 풀리는 기분이었다.

떡볶이를 사 먹고 학원에 가서 신나게 졸다가 집으로 왔다. 벨을 눌렀더니 문이 왈칵 열리면서 엄마가 뛰어나왔다.

"내놔."

현지는 뒷걸음질을 쳤다. 하마터면 문에 부딪칠 뻔했다.

"아, 깜짝이야!"

"나왔지?"

졸졸 따라오면서 엄마가 채근했다.

"나왔잖아. 내놔!"

"뭐가?"

교복을 훌훌 벗고 편안한 옷으로 갈아입는 내내 엄마는 현지를 가만히 지켜봤다.

"왜 자꾸 쳐다봐? 나가, 나 할 일 있어."

현지는 가방을 열던 손을 주춤했다. 혹시 앨범 산 걸 알고 있나? 만 원이 넘는 물건을 살 때는 꼭 허락을 맡으라던 엄마 말이 생각났다. 현지는 가방을 다리 뒤로 숨기듯 내려놓았다.

"다 알고 있어. 어서 내놔."

어떻게 알았을까? 귀신같은 엄마다.

"안 샀어. 내가 돈이 어디 있다고."

이럴 땐 무조건 잡아떼고 보는 거다.

"뭐?"

엄마의 눈빛이 교활하게 반짝거렸다.

"너 또 뭐 샀구나!"

엄마가 가방을 집어 들었다. 현지는 화들짝 놀라며 가방을 움켜쥐었다.

"안 샀다니까 왜 그래?"

결국 엄마의 손에 앨범이 끌려나왔다.

"뭐야? 왜 엄마한테 물어보지도 않고 이렇게 비싼 걸 사?"

"이거 안 비싸. 만 원도 안 돼."

현지는 앨범을 낚아채 등 뒤로 감추며 둘러댔다. 엄마가 현지를 빤히 쳐다보았다. 몸이 오므라드는 것 같았다.

"알았어. 믿어 줄 테니까 어서 성적표나 내놔."

아, 맞다. 성적표! 내가 왜 그걸 깜빡했을까? 큰일이었다. 이건 들키면 그날로 끝장이다. 현지는 마른침을 꿀꺽 삼켰다.

"아직 안 나왔어."

엄마가 무섭게 노려보았다.

"자꾸 거짓말할래?"

"아직 안 나왔다니까!"

"현지, 너!"

엄마가 주먹을 불끈 쥐었다. 현지는 두 눈을 꼭 감았다. 아, 엄마는 또 변신을 하겠구나. 초록색 괴물 헐크처럼 얼굴이 괴상하게 일그러지고, 천둥 같은 고함을 치고, 그 커다란 주먹을 날리고, 그리고 한방에 나가떨어지는 자신의 모습을 상상했다.

"현지야."

착 가라앉은 엄마의 목소리. 온몸의 털이 쭈뼛 서는 것 같았다. 이럴 때의 엄마가 더 무서웠다. 엄마는 천천히 숨을 고르고 다시 입을 떼었다.

"마지막으로 기회 줄게. 네가 지금 순순히 내놓으면 성적이 어떻게 나왔든 엄마는 절대 뭐라 그러지 않을 거야. 아까 거짓말 한 것도 용서해 줄게. 약속해. 그러니까 얼른 성적표 가져와."

현지는 머릿속이 복잡해졌다. 솔직하게 성적표를 보여 드릴까? 아냐, 엄마의 말에 속으면 안 된다. 혼내지 않는다고 했지만 엄마는 분명 약속을 지키지 않을 것이다. 그동안 몇 번이나 속았던가! 엄마의 저 말에 절대 넘어가면 안 된다.

"안 나왔다니까."

현지는 일부러 퉁명스럽게 대답했다. 그리고 슬금슬금 엄마의 눈치를 살폈다.

엄마는 무섭게 노려보던 시선을 천장으로 비꼈다. 한참 그러고 있었다.

잠시 후 다시 현지를 쳐다보았을 때 엄마의 눈은 슬퍼 보였다.

엄마가 방에서 나가자 현지는 문을 꼭 걸어 잠갔다.

"앗싸!"

두 주먹을 불끈 쥐고 연달아 흔들어대며 현지는 승리의 환호성을 불렀다. 괴물을 물리친 전사 같은 기분이라고나 할까. 현지는 콧노래를 흥얼거리며 노트북에 시디를 넣고 테일러 스위프트의 음악 세계로 들어갔다.

그날 밤에 엄마 아빠는 대판 부부싸움을 했다. 엄마 아빠는 사소한 일로 종종 다투곤 했는데, 이날만큼은 전면전이라 할 정도로 대단했다.

화장실에서 나오자마자 엄마가 다짜고짜 아빠한테 따지고 들었다.

"당신, 내 말이 말 같지 않아?"

소파에 앉아서 신문을 보고 있던 아빠는 무슨 아닌 밤중에 홍두깨냐, 하는 표정으로 엄마를 올려다보았다.

"내가 몇 번이나 말했어? 제발 좀 소변 좀 앉아서 보라고. 오줌이 주변에 다 튀어서 지린내가 얼마나 심한지 알아? 당신도 코가 있으니까 냄새가 날 거 아냐. 코가 막혔어? 귀도 막혔어? 정말 내가 못살아. 왜 다들 내 말을 귓등으로도 안 들어?"

느닷없이 쏟아내는 불평들을 아빠는 어리둥절한 채 듣고 있었다. 그러다가 뒤늦게 알아챘는지 아빠가 얼굴을 찡그렸다.

"남자가 무슨, 체면 안 서게."

"꼭 서서 싸야 남자 체면이 서?"

거실 한쪽 구석에서 컴퓨터 게임을 하고 있던 현중이 킥, 하고 웃음을 터뜨렸다.

"당신 똥 쌀 때는 앉아서 누잖아. 근데 왜 소변은 꼭 서서 눠야 하는데?"

"그거랑 그거랑 같나?"

"현중이도 앉아서 누고, 나도, 현지도 다 앉아서 누고 그래. 온 식구가 그러면 배려를 좀 해 줘야 하잖아. 더럽고 냄새나고, 위생상 나쁘고. 그런데도 당신 고집만 계속 그렇게 피울 거야? 그렇다고 욕실 청소를 하기를 하나, 도와주지는 못할망정 어지럽히지는 말아야지. 이건 집안일이 한도 끝도 없이 많고, 해도 해도 표도 안 나고……. 나 혼자 어떡하라고? 어지르는 사람 따로 있고, 치우는 사람 따로 있는 줄 알아?"

아빠는 또 시작이라는 표정을 지어 보이더니 다시 신문을 보았다. 그러자 엄마가 그 신문을 확 빼앗아 아무렇게나 접더니 거실 바닥으로 휙 집어던졌다.

"무슨 짓이야?"

"내가 그렇게 우스워? 내가 말을 하는데 왜 무시해? 현지가 날 우습게 보는 것도 다 당신 닮아서 그런 거야. 거짓말만 살살 하고. 못된 기집애!"

방에서 친구들과 채팅을 하던 현지는 거실에서 날아오는 엄마의 날카로운 목소리에 고개를 획 들어올렸다. 귀가 번쩍 틔는 기분이었다. 현지는 살금살금 문으로 다가가 귀를 기울였다.

"내가 뻔히 아는데도 눈 하나 깜짝 안 하고 거짓말을 늘어놓다니.

어떻게 그럴 수가 있어? 나쁜 기집애."

"현중아, 그만 방에 들어가라."

아빠의 엄중한 목소리가 들려왔고, 현중이의 방문이 열렸다 닫히는 소리가 들렸다.

"대체 무슨 일이야?"

아빠가 묻자 엄마는 마치 기다렸다는 듯이 이야기를 쏟아 냈다.

현지는 방문 너머로 아빠에게 미주알고주알 자기 흉을 보는 엄마의 고자질을 똑똑히 듣고야 말았다.

"목소리 좀 낮춰. 애들 다 듣잖아."

"뭐! 들으라고 하는 말인데."

현지는 속이 상했다. 엄마가 딸 흉을 저렇게 볼 수가 있는 걸까. 당장 뛰쳐나가 소리치며 대들고 싶었지만 꾹 참았다. 사실 엄마 말이 틀린 것도 아니었다.

그래도 그렇지. 엄마면 엄마답게 딸을 잘 감싸 줘야지, 저렇게 애들처럼 아빠에게 일러바치기나 하고. 현지는 속이 부글부글 끓었다.

엄마는 항상 자기 마음대로였다. 뭐든지 자기 마음에 들게 해야 직성이 풀렸다. 아빠한테 잔소리는 어찌나 심한지. 고개가 절레절레 돌아간다. 냄새 나니까 집에 들어오자마자 샤워부터 해라, 양말은 똑바로 벗어서 꼭 세탁기에 넣어라, 머리 감고 거실 돌아다니지 마라, 머리카락이 보이면 즉시 주워 쓰레기통에 버려라, 치약은 끝에서부터

짜서 써라, 식사 후에는 반드시 빈 그릇을 개수대에 넣고 물에 담가
라……. 한도 끝도 없이 이어지는 엄마의 잔소리, 잔소리.

현지는 아빠가 불쌍하다고 생각한 적이 한두 번이 아니다. 심지어
좌변기에 앉아서 소변을 보라고 할 때는 더욱 그랬다.

아, 엄마 잔소리 때문에 앉아서 오줌 눠야 하는 불쌍한 우리 아빠.

엄마 흉을 실컷 보고 나니 기분이 조금 나아진 것도 같았다. 현지
는 방문에 귀를 바짝 들이댔다. 엄마의 고자질은 계속 이어지고 있었
고, 아빠가 뭐라고 대꾸하는 소리도 간간이 들려왔다.

한참 소리가 잦아드는가 싶었는데 갑자기 아빠 목소리가 버럭 튀
어나왔다.

"당신, 정말 그렇게까지 해야겠어?"

"그래요! 꼭 해야겠어요!"

평소에 존댓말을 잘 쓰지 않는 엄마가 존댓말을 한다는 건 정말로
단단히 화가 났다는 뜻이었다.

"당신은 그저 돈만 많이 벌어다 줘요! 나도 강남 엄마들처럼 좀 해
보게요!"

"이 사람이, 말이면 단 줄 아나?"

"그렇게 노려보면요? 노려보면 내가 물러설 줄 알아요? 천만에요.
나 현지한테 내 인생 걸었어요. 당신이란 사람한테 걸었던 인생. 허
이고, 내가 미쳤지. 내가 뭘 보고 당신한테 내 인생을 걸었을까? 이

34

제 당신은 안 믿어요. 난 현지만 믿고 살 거예요. 나 무슨 일이 있더라도 현지 외고 보내고, 서울대 보낼 거란 말예요!"

돌연 현지는 초등학생 때 만화 영화로 봤던 그리스 신화가 생각났다. 거대한 하늘을 두 어깨로 떠받치고 있는 아틀라스.

아틀라스는 평생 하늘을 지고 살면서 무슨 생각을 했을까? 하늘을 떠받치고 있으니까 행복했을까? 아니면 확 던져 버리고 싶었을까? 모르겠다. 그러나 딱 하나만은 알 수 있을 것 같았다. 되게 무거웠을 거라는…….

엄마 아빠의 말다툼은 계속 이어졌다. 현지는 더 이상 듣고 싶지 않아서 두 귀를 막았다. 하지만 엄마 아빠의 싸우는 소리는 비집고 들어와 마음을 헤저어 놓았다.

'이제 그만 좀 방에 들어가서 싸워 주세요.'

현지는 오줌이 마려워졌다. 그냥 아무것도 모르는 것처럼 뻔뻔한 얼굴을 하고 화장실을 다녀와도 되건만, 어쩐 일인지 문손잡이를 부여잡고 다리를 배배 꼬면서 억지로 참아 내고 있었다.

그놈의
엄친아, 엄친아

책갈피에서 성적표를 발견한 엄마의 눈에서는 불이 번쩍 튀었다. 거기에 적힌 숫자를 확인했을 때는 그만 두 눈을 감고야 말았다. 믿을 수가 없었다. 사랑하는 딸 현지가 이렇게 공부를 못하는 아이였나 싶어서 눈앞이 캄캄했다.

성적표 안 받았다고 둘러댈 때부터 어느 정도 예상은 했지만 이 정도일 줄은 몰랐다. 저도 양심은 있어서 도저히 보여 줄 엄두가 나지 않아 이렇게 꽁꽁 숨겨 놓은 것이리라.

엄마는 의자에 털썩 주저앉았다. 초등학교 다닐 때는 그래도 곧잘 상도 타 오고, 공부도 잘한다며 선생님께 칭찬도 받고 그랬는데, 어떻게 성적이 바닥을 길 수가 있을까? 학습 태도가 좋습니다, 수학적 사고력이 뛰어납니다. 6년 내내 잘한다는 소리만 들어왔던 엄마는 딸아이의 성적이 도저히 믿어지지 않았다. 중학교는 초등학교와 달라도 너무 달랐다.

엄마는 머리를 감싸 쥐고 괴로워하다 문득 현지의 책상 서랍을 뒤지기 시작했다. 무슨 단서라도 나오지 않을까 싶어서였다. 요즘 어디에다 정신을 팔고 있는지, 무슨 일에 관심을 기울이는지, 또 누구랑 만나고 어디를 싸돌아다니는지 낱낱이 알고 싶었다. 나쁜 친구라도 사귀면 정말 큰일이었다.

초등학교 때는 일기도 잘 쓰더니, 중학생이 됐다고 이제는 쓰지도 않는 모양이었다. 아무리 뒤져도 일기는 나오지 않았다. 엄마는 노트북을 열었다.

예상은 맞았다. '다이어리'라는 폴더를 발견하고 서둘러 클릭을 했으나 열리지 않았다. 암호를 걸어 놓은 것이다.

떠오르는 대로 숫자를 넣었다. 아니었다. 몇 번, 몇십 번을 숫자를 쳤지만 파일은 끝내 열리지 않았다.

엄마는 더 궁금해졌다. 도대체 무슨 얘기를 적어 놨기에 비밀번호까지 설정해 놓았을까? 그 안에 현지의 공부를 방해하는 엄청 불량한 것이 들어 있기라도 한 양 엄마는 안절부절못했다.

현지가 돌아오면 혼내서라도 번호를 알아내야 하지 않을까. 대놓고 물어본다고 순순히 가르쳐 줄 아이도 아니어서 여간 고민이 되지 않았다.

"엄마, 뭐 해?"

벌컥 문이 열리면서 현중이가 뛰어 들어왔다.

"아이, 깜짝이야. 그렇게 갑자기 들어오면 어떡해?"

엄마는 다급하게 노트북을 닫고 놀란 가슴을 쓸어내렸다.

학원이 끝나고 현지가 돌아왔다. 엄마는 비밀번호를 당장이라도 캐묻고 싶었지만 꾹꾹 눌러 참았다.

현지는 천진난만하게 현중이에게 장난을 걸었다. 엄마는 어젯밤에 속 끓인 건 자신 혼자뿐인 것 같아 황당했다. 분명 저 때문에 큰소리치며 부부싸움 하는 걸 다 들었을 텐데 형편없는 성적을 받고서도 어쩌면 저렇게 태평일 수 있는지. 엄마는 하도 어이가 없어서 오히려 웃음이 나왔다. 저걸 대범하다고 해야 하나, 멍청하다고 해야 하나. 도대체 쟤가 누굴 닮았는지 엄마는 알 수가 없었다.

저녁 설거지를 마치고 엄마는 현지 방으로 들어갔다. 현지는 노트북으로 뭔가를 열심히 쓰다가 냉큼 창을 닫아 버렸다.

"뭐 해?"

엄마는 모르는 척 물어보았다.

"으응. 아무것도 아냐."

현지는 서둘러 인터넷 다른 창을 띄워 놓았다.

"뭔데?"

엄마는 한 번 더 꾹 참고 물어보았다. 강제로라도 보고 싶었지만 길길이 날뛰는 딸아이 모습이 선하게 그려져 엄두가 나지 않았다. 사생활 침해라느니, 무식하다느니, 엄마가 창피하다느니…….

지난 겨울 방학 때 이런 일이 있었다. 엄마는 습관처럼 딸 현지의 가방을 무심코 열었다가 얼마나 놀랐는지 모른다.

"엄마는 무식하게 왜 남의 가방을 뒤져? 내 허락도 없이? 정말 무개념이야. 완전 창피해!"

옆에 있던 친구 정민이가 무안해서 안절부절못하던 표정도 잊을 수가 없었다.

"나 이제 중학생이야. 내가 아직 초딩인 줄 알아? 이제부턴 내 일 내가 알아서 할 거니까 엄마도 엄마 일 알아서 해. 엄마 맘대로 내 가방, 내 책상 뒤지지 말란 말이야. 그거 사생활 침해인 거 알아?"

둘이 놀러 나간다기에 가방 좀 챙겨 주려고 나선 것이 그만 그 꼴이 되어 버렸다. 현지가 태어나서 그날까지 꼬박꼬박 해 왔던 일이었는데 아이가 그런 반응을 보일 줄을 몰랐다. 충격이었다. 처음엔 머리 조금 커졌다고 엄마에게 대드는 꼴이 가소로웠으나, 곰곰이 생각해 보니 어느새 아이가 저렇게 자랐구나 싶어 한발 물러섰다. 엄마는 결국 아무 말도 하지 못하고, 그저 미안하다고 사과할 수밖에 없었다.

"현지야."

엄마는 다정하게 부르며 딸애 가까이 다가갔다.

현지는 몸을 뒤로 피하며 이상한 눈으로 쳐다보았다.

"왜 그래?"

현지의 반응에 엄마는 툭하면 와서 뽀뽀하며 엉겨 붙기 잘하던 그 딸애가 맞나 싶어 서운했다.

"엄마 친구 아들이 이번에 반에서 1등 했는데, 걔가 다니는 학원을 알아봤거든? 거기가 그렇게 잘 가르친대. 현지 너도 그 학원에 다니라고 엄마가 등록하고 왔어. 그러니까 앞으로는 그 학원을 다니면 돼. 어디냐면⋯⋯."

"뭐라고?"

현지가 말을 싹둑 자르며 들어왔다.

"뭐야? 엄마 맘대로. 내가 지금 다니는 학원은 어떡하고?"

"이왕 다니는 거 제대로 된 데로 다녀야지. 걱정 마. 지금 학원은 그만 다녀도 돼. 엄마가 다 알아서 할게. 별 도움도 안 되는데 거긴 뭐하러 다녀?"

"그렇게 엄마 맘대로 하는 게 어디 있어? 나하고 상의를 해야지. 갑자기 학원 옮기면 친구들은 어떡하냐고?"

"학원엘 친구 만나러 가니? 공부하러 다니는 거지. 지금이 가장 중요한 시기래. 기초를 지금 잡아 놔야 대학 가기가 편하다잖아. 그러니까 엄마 말 들어. 내일부터 당장 새 학원에 다니면서 기초를 확 다져 놓는 거야. 그래야 네가 나중에 편해. 알았지?"

현지는 입술을 쑥 내밀고 얼굴을 찡그렸다.

"엄마 친구 아들이 그 학원 다니고 1등 했다니까."

"그놈의 엄마 친구 아들."

현지가 고개를 절레절레 흔들며 몸서리를 쳤다.

"툭하면 엄마 친구 아들, 엄마 친구 딸! 어떻게 된 게 엄마 친구 아들이나 딸은 다 공부도 잘하고, 착하고, 똑똑해?"

"그러게나 말이다. 엄마 친구 아들은 공부도 잘하고, 엄마 친구 딸은 착하고 엄마 말도 잘 듣고."

"아아, 듣기 싫어."

현지는 귀를 막는 시늉을 했다.

"그러니까 너도 엄마 친구한테, 엄마 친구 딸 좀 돼 보렴."

현지는 엄마를 째려보았다.

"내 친구 엄마는 안 그래. 엄마처럼 그러지 않는다고."

"너도 툭하면 내 친구 엄마는 어쩌고저쩌고 그러잖니."

현지는 어이가 없어서 그만 코웃음을 쳤다.

또 엄마는 강남에서 유명한 과외 선생을 알아보고 있다고 했다. 여간 까다로운 게 아니어서 현지를 학생으로 받아 주지 않을지도 모른단다. 그래도 엄마는 열심히 노력해서 꼭 그 선생을 잡을 테니까 현지 너도 될 수 있게 해 달라고 기도를 하라고 했을 때, 현지는 또 한 번 코웃음을 쳤다.

현지는 진단평가가 끝날 때까지만 참으라고 했던 엄마의 말이 모두 거짓이었음을 알았다. 완전히 사기당한 기분이었다. 엄마의 압박은 오히려 더 심해졌다. 새로 등록한 학원은 집에서 좀 멀어서 차 타고 거기까지 갔다 오고 나면 온몸이 파김치가 되었다. 다행인 것은 엄마가 강남 족집게 과외 선생을 잡지 못한 것이다. 만약 과외까지 하게 되었으면 어땠을까? 생각만 해도 끔찍했다.

엄마는 현지가 딴 데로 샐까 봐 학교가 끝나면 어김없이 전화를 했다. 어떤 날은 교문을 지키고 섰다가 학원을 빼먹으려는 현지를 강제로 끌고 가기도 했다. 친구들 앞에서 끌려가는 모습을 보이고만 현지는 창피해 죽을 것 같았다.

특히 엄마는 현지가 방에 있으면 도둑고양이처럼 다가와 방문을 열고 몰래 지켜보기도 했다. 문득 이상한 기운이 느껴져 고개를 들어 보면 영락없는 엄마의 시선.

"꺅!"

귀신이라도 본 듯 비명을 지르면, 엄마는 괜히 머쓱한 표정을 지으며 변명을 늘어놓았다.

"뭐 필요한 거 없나 해서. 우유에 샌드위치 좀 갖다 줄까?"

"필요 없어!"

현지는 엄마를 째려보고 방문을 쾅 닫았다. 그래도 끝이 없었다. 방문을 잠그면 똑똑똑 두드리며, 왜 방문을 잠갔냐고 성가시게 굴기 일쑤였다. 처음엔 몰래 감시를 하더니, 나중엔 아예 대놓고 현지의 일거수일투족을 살폈다. 완전히 죄수가 따로 없었다.

그러던 어느 날, 결국 현지는 쓰러지고 말았다. 새벽부터 밤늦게까지 엄마의 스파르타식 교육에 휘둘린 결과였다. 현지 또한 나름 시험 때문에 불안했고, 상상 외의 성적은 큰 충격으로 다가왔었다. 그 모든 게 바위 같은 짐이 되어 아직 열네 살에 불과한 현지를 내리누르고 있던 것이다.

현지는 응급실 침대에 누워서 그냥 연기처럼 싸악 사라지고 싶다는 생각을 했다.

피 검사, 소변 검사, 엑스레이 검사를 마치자 의사가 말했다.

"심한 스트레스에 약간의 우울증 증세까지 있어요. 신체도 많이 허약해져 있고요. 한창 성장기여서 많은 영양이 필요한데, 무리하게 몸을 쓰느라 영양을 좀 뺏긴 것 같아요. 우리 몸은 말예요, 무리를 하면 반드시 탈이 나게 마련이에요. 자기 몸 능력의 한계를 넘어서 썼으니까 이젠 좀 쉬어야죠. 걱정하지 마세요. 현지 학생은 며칠 입원해서 치료를 받으면 금방 회복될 거예요. 우선 안정을 되찾는 게 중요해요."

어디 다른 데 이상은 없냐고 확인한 엄마는 고개를 도리도리 저었다.

"입원은 안 돼요. 지금 병원에 누워 있을 시간이 없어요. 영양제나 좋은 거 하나 놔 주세요."

그러곤 링거 한 대 맞고 현지를 집으로 데리고 와 버렸다.

아빠는 놀라서 의사 말대로 왜 입원시키지 않았냐고 엄마에게 따졌다.

"꾀병인지도 몰라. 공부하기 싫으니까 그런 거라고. 영양제 좋은 거 맞았으니까 괜찮아."

"그래도 그렇지, 몸부터 추슬러야지. 공부도 당분간 좀 쉬어야 하지 않겠어?"

아빠는 측은해하는 눈으로 현지를 살펴보았다.

"현지야, 정말 어디 아픈 덴 없는 거야?"

"공부할 시간도 없는데 입원은 무슨 입원? 그리고 그 의사, 병원비 받아먹으려고 괜히 입원하라는 거야."

현지는 막말하는 엄마가 서운했다.

"엄마는 나보다 공부가 더 중요해?"

"다 너 잘되라고 하는 거야. 나 좋으라고 하는 줄 아니?"

엄마는 현지의 마음이라곤 눈곱만큼도 헤아려 주지 않았다.

"그나저나 현지 너 보약 좀 먹어야겠다. 공부를 하려면 체력이 뒷받침돼 줘야 하는데 말이야. 엄마 친구 아들이 먹은 보약이 괜찮다더

라. 그거 먹고 걔 튼튼해졌어. 공부도 잘하고. 아니다, 아예 머리 좋아지는 보약으로 해야겠다."

엄마는 휴대폰을 꺼내 들었다.

"나가!"

현지는 자기도 모르게 소리쳤다. 그 서슬에 자신도 놀라고 말았다.

엄마 아빠도 놀라서 눈을 동그랗게 뜨고 현지를 쳐다보았다. 현지는 부모님의 눈길을 받아 낼 수가 없었다. 괴로웠다.

"나가! 당장 나가란 말이야."

악을 쓰고는 벌렁 이불을 뒤집어쓰고 돌아누웠다.

엄마가 뭐라고 한마디 하려고 했으나 아빠가 억지로 데리고 방을 나갔다.

문이 닫히자 현지의 눈에서 눈물이 주르르 흘러내렸다.

페이스메이커의
존재

"야, 쟤 맞지?"

"맞아. 쟤야, 쟤"

"역시 소문날 만하구나."

다른 학교 여학생들 몇 명이 모여서 손짓, 눈짓을 해가며 현지를 흘끔거렸다. 그 가운데 하나가 현지에게 다가와 새치름하게 물었다.

"네가 장한중 얼짱 오현지냐?"

나머지 애들도 쪼르르 몰려와 현지의 주위를 둘러쌌다. 옆에 있던 정민이가 겁이 난 듯 현지의 팔꿈치를 잡았다. 현지는 한 발짝 앞으로 나갔다.

"그래, 내가 오현지다!"

그 아이는 당황하는 눈치였다. 둘러싼 아이들도 놀라서 저희끼리 뭐라고 소곤거렸다.

"나한테 볼일 있어?"

현지는 고개를 뻣뻣이 세우고 아이들을 똑바로 쳐다보았다. 그러자 그 아이들의 기세가 눈에 띄게 수그러들었다.

"아니, 그냥 누군지 궁금해서…… 얘들아, 그만 가자."

그 아이는 갑자기 꼬리를 내리고 돌아섰다. 나머지도 잠시 우왕좌왕하더니 곧 그 아이를 따라 저쪽으로 갔다.

"뭐야, 쟤네?"

숨죽이고 가만히 지켜보던 정민이가 도망치듯 사라지는 아이들을 쳐다보며 말했다.

"네가 장한중 얼짱이라고 소문났나 봐."

현지는 웃음이 나올 것 같았다. 말을 걸었던 그 애도 얼굴이 꽤나 귀엽게 생겼는데, 아마도 소문을 듣고 누가 더 예쁜가 대결하려고 찾아온 모양이었다. 처음부터 세게 나갔던 것이 먹혀들었다. 생각할수록 고소한 일이었다. 어디 감히 덤벼?

"그나저나 현지 너 대단하다. 난 걔들 무서웠는데."

정민이는 자꾸 뒤를 흘끔거렸다. 이미 그 아이들은 구부러진 골목 저쪽으로 사라진 뒤였다.

현지는 새삼 정민을 살펴보았다. 부대자루처럼 커다란 교복에 꼬

챙이 같이 볼품없는 몸매. 못생기진 않았지만 어딘가 촌티 팍팍 나는 얼굴.

골목으로 사라진 아이들은 하나같이 외모에 신경 쓴 애들이었다. 예쁘장한 얼굴에 교복도 몸에 딱 맞춰 입어서 감각 있어 보였다.

현지는 정민이가 촌스러워 보였다. 옆 학교까지 소문난 장한중 얼짱의 친구라기엔 한참 모자라 보였다.

"다 왔다!"

정민이와 현지는 떡볶이 집 앞에서 멈춰 섰다.

"나 그냥 집에 갈래. 안녕."

현지는 정민이에게 인사도 제대로 하지 않고 뒤돌아 뛰어갔다.

"야, 현지야! 현지야!"

정민이는 아무런 설명도 없이 달아나 버리는 현지의 뒷모습을 멍하니 쳐다보았다.

집에 도착하니 아빠가 혼자 텔레비전을 보고 있었다. 엄마도 현중이도 보이지 않았다.

"엄마는?"

"현중이랑 마트에 갔어."

아빠는 텔레비전에서 눈을 떼지 못했다. 텔레비전에서는 마라톤 대회가 중계되고 있었다. 달리는 모습만 보여 주는 저게 뭐가 재미있을까? 현지가 보기엔 따분하고 지루할 따름이었다.

"아빠, 다른 거 보자."

현지는 아빠 곁에 앉으며 리모컨을 집어 들었다.

"안 돼. 아빠가 보는 거잖아. 너도 이거 봐."

"아빤 맨날 재미없는 것만 보더라. 축구나 마라톤이나 다 시시해."

"보는 법을 알면 얼마나 재밌는데. 아빠가 설명해 줄 테니까 잘 들어봐."

아빠는 마라톤에 대해 설명하기 시작했다.

"마라톤은 말이야, 우리네 인생이라고 할 수 있어. 두 시간 넘게 내내 달리기만 하는 저 지루하고 고된 달리기가 사람살이와 꼭 닮아서 그렇게들 말하지. 42.195킬로미터를 뛰는 동안에 선수들은 많은 장애물을 만나. 물론 가파른 길이나 찌는 듯한 더위나 목마름이나 다리의 통증이나 뭐 그런 외부적 요인들도 있지만, 실제로는 뛰는 내내 가장 큰 장애물이 뭔지 아니? 이 길고도 험한 길을 왜 뛰어야 하는가 하는 물음이야."

"내 말이. 그러게 그 긴 거리를 힘들게 왜 뛰어? 차 타고 가지."

"하하하, 목표가 있으니까 뛰는 거겠지. 올림픽이라면 금메달을 따기 위해서겠고, 완주를 위해서 뛰는 경우도 있겠고, 뛰는 동안 왜 뛰는지 생각해 보려고 뛰는 사람도 있을 테고, 세 시간에 돌파한 사람은 두 시간 반 만에 돌파하고 싶은 욕심이 생겨서 뛸 테고. 뭐 여러 가지 이유가 있겠지. 그 목표란 게 인생에서 말한다면 꿈이 될 테고. 근데 현지는 꿈이 뭐야? 뭐가 되고 싶어?"

"엄마가 맨날 좋은 대학 나와서 좋은 데로 시집가라고 하잖아."

"그럼 현지도 그렇게 하고 싶은 거야?"

"아니! 절대로 아냐."

현지는 단호하게 소리쳤다.

"그렇지? 그건 엄마의 희망사항이지 현지의 꿈은 아니야. 네 꿈은 네가 스스로 꿔야지. 엄마가 시키는 대로 따라가서 무언가가 된다고 해도 네 꿈이 이뤄진 건 아니야. 스스로 꿈을 꾸지 않으면, 네 꿈은 없는 거나 마찬가지야."

아빠는 계속 말을 이었다.

"마라톤을 뛰는 선수들을 보면 말이야, 얼마나 치밀하게 전략을 짜는지 몰라. 그냥 아무 생각 없이 죽어라 뛰는 것처럼 보이지만 아니야. 마라톤은 전략이 매우 중요해. 출발선에서 10킬로, 10킬로에서 20킬로, 20킬로에서 30킬로, 30킬로에서 40킬로, 그리고 40킬로에서 결승점까지, 거리를 나눠서 대응해 나가지. 각 구간에 따라 대응 전략이 조금씩 차이를 보이지만, 뭐니 뭐니 해도 가장 중요한 건 페이스를 유지해야 한다는 거야. 즉 힘의 배분이지. 사람이 가진 힘은 한계가 있는데 한꺼번에 써 버리면 곤란하잖아. 빨리 가고자 하는 마음 때문에 혹은 다른 선수들이 치고 앞으로 나간다고 해서 따라 나서면 한 방에 나가떨어지는 수가 있어. 그걸 오버페이스라고 해. 너희 오버하지 말라는 말 잘 쓰잖아? 바로 그거야. 오버하면 끝장이야. 절대로 흔들리면 안 돼. 자기 페이스를 지키는 것이 가장 중요해. 이봉주 선수 알지?"

현지는 고개를 끄덕였다. 하도 아빠가 마라톤을 좋아해서 이봉주 선수가 뛸 때마다 저 사람이 이봉주라고 가르쳐 주었다.

"이봉주 선수는 42.195킬로미터를 뛰는 내내 100미터를 17초에 달리는 속도로 뛴대. 그래야 지치지 않고 뒤쳐지지도 않게 뛸 수 있다는 거야. 정말 엄청나지?"

현지의 100미터 기록은 18초가 조금 넘었다. 100미터를 뛰는 것만으로도 힘이 드는데, 42.195킬로미터면 100미터를 몇 번이나 뛰어야 하나? 계산이 잘 되지 않을 정도로 까마득한 거리였다.

"그래서 마라톤에서는 페이스메이커라는 사람이 있는데, 17초대든 20초대든 자기 페이스를 유지하면서 뛰게 만들어 주는 사람 말이지. 아, 현지야. 저기 좀 봐. 저 사람이 바로 페이스메이커야."

아빠가 화면에 비친 선수들 가운데 한 사람을 가리켰다.

"페이스메이커란 뛰는 기준이 되는 속도를 만들어 주는 선수야. 대개 선두 그룹에서 함께 뛰면서 다른 선수들이 자기 페이스를 유지하게 해 주고, 조금 더 속도를 올릴 수 있게 도와주지. 미리 계획된 속도대로 뛰어 주는 거야. 그 긴 거리를 함께 뛰어 주니 참 고맙지? 그러면 선수들은 페이스메이커의 도움을 받아 자기 속도를 내고, 체력 조절을 잘해서 좀 더 좋은 성적을 내기도 하고 그래. 때로 페이스메이커가 대회에서 우승을 하는 경우도 있긴 하지만."

현지는 페이스메이커라는 존재가 참 이상했다. 남을 위해서 힘들게 함께 뛰어 주는 고생을 무엇 때문에 하나 싶었다. 선수 입장에서야 참 고맙겠지만 자신 같으면 그런 일은 못할 것 같았다. 현지는 늘 돋보이는 사람이 되고 싶었다.

"참, 현지야, 황영조 선수가 말이야."

황영조도 현지는 잘 알았다.

"올림픽에서 금메달을 딴 선수?"

1992년 바르셀로나 올림픽이다. 현지가 아직 태어나기도 전이다.

"그래. 그 황영조 선수도 페이스메이커 출신이야."

'세계에서 1등한 선수도 원래 남을 도와주는 사람이었구나.'

벨이 울렸다. 엄마가 돌아온 것이다. 현지는 엄마랑 마주치기 싫어서 잽싸게 방으로 들어가 버렸다.

병원 사건 이후로 현지는 엄마를 슬슬 피해 다녔다. 가까이 다가가기도 싫고, 쳐다보기도 싫고, 엄마가 옆에 오는 것도 싫었다. 말도 가급적 하지 않았다. 아주 필요한 말만 간단하게 한두 마디로 끝내곤했다. 엄마랑 따로 살았으면 좋겠다고 생각했다. 아니면 현지만 따로 나가서 살든가.

엄마도 현지가 자신을 멀리하고 있음을 잘 알았다. 도무지 곁을 주지 않는 딸아이가 요즘처럼 서운하고 미운 적도 없었다. 엄마는 이제 현지가 다정하게 말을 붙이거나 웃는 얼굴로 엄마를 부르며 매달리기를 바라지도 않는다. 다만 자신을 피하지만 않았으면 좋을 것 같았다.

그래서 엄마는 현지가 좋아하는 음식을 만들어 주려고 잔뜩 장을 봐 왔다. 먹는 걸 좋아하는 현지의 마음이 좀 풀어지기를 바라며.

하지만 자신이 집으로 들어오자 제 방으로 쏙 숨어 버리는 딸아이의 뒷모습을 발견하고 엄마는 여간 씁쓸하지 않을 수 없었다.

분명 제가 좋아하는 음식을 잔뜩 만들어 줬는데도, 실컷 맛있게 먹고 나서도 현지는 엄마에게 다정한 눈길 한 번 주지 않은 채 제 방으로 쏙 들어가 버렸다.

"휴, 시어머니보다 더 어려워."

엄마는 딸아이의 눈치를 살피는 자신이 어이가 없었다.

"그래도 내가 엄만데, 지는 딸이고."

엄마는 살짝 분했다. 이대로는 안 될 것 같았다. 눈치를 보고 비위를 맞춰 주니까 딸이 엄마 알기를 우습게 아는 것 같았다.

엄마는 장롱에 넣었던 죽비를 다시 꺼내들었다. 이렇게 해도 안 되고 저렇게 해도 안 될 바에야 엄마로서의 역할, 특히 악역을 톡톡히 하자고 작정했다. 사랑하는 딸애의 장밋빛 미래를 위해서라면 무슨 일이든 할 수 있는 엄마였다.

엄마는 현지의 아침 공부를 다시 시작했다. 방과 후 학원 관리도 빠뜨리지 않았다. 학습에 도움이 될 만한 정보를 얻기 위해 인터넷을 뒤져 보고, 책도 사 보고, 모임 같은 데도 빠지지 않고 나갔다. 자식을 위한다는 요즘 엄마라면 이 정도는 해야 한다.

그러다 보니 현지와 부딪치는 일이 부쩍 늘어났다. 현지는 사사건건 엄마에게 항의하고 대들었고, 엄마는 매번 딸애를 윽박지르고 애원하고 욕하고 어떤 때는 때리기도 했다. 물론 죽비로 어깨를 살짝.

현지네 집은 하루도 큰소리가 오가지 않는 날이 없었다. 거의 매일 싸웠다. 그래도 엄마는 지지 않았다. 엄마라면 이 정도는 참아 내고 감수해야 한다고 여겼다. 이것이 다름 아닌 사랑하는 딸아이의 미래를 위하는 길이니까.

그러던 어느 날, 현지의 목에 처음 보는 목걸이가 걸려 있었다.

"그 목걸이 웬 거니?"

현지는 대답하지 않았다.

"웬 거냐고?"

"친구가 사 줬어."

"친구가 그 비싼 걸 왜 줘?"

적어도 몇 만 원은 돼 보였다.

"선물로 준 거라니까."

"선물? 그 비싼 걸? 중학생이 무슨 돈이 그렇게 많아서? 뭐야? 바른 대로 말해. 어디서 났어?"

현지가 싸늘한 눈빛으로 엄마를 내려다봤다. 이제는 엄마보다 키가 커진 현지였다.

"간섭하지 마. 내 인생이야."

엄마는 자신의 두 귀를 의심했다.

"뭐? 어디 엄마한테 그따위 말버릇을."

"내 인생이라고. 내, 인, 생!"

엄마는 화가 나서 그만 현지의 등을 찰싹 때렸다. 현지는 피하지도, 아프다고 소리를 치지도 않았다. 엄마는 약이 올라 한 대 더 때리려고 했다. 그러나 엄마의 손은 곧 현지의 손에 꽉 잡히고 말았다.

"엄마가 불쌍해. 엄만 엄마 인생 없어?"

"······."

"제발 엄마도 엄마 인생 좀 살았으면 좋겠어. 나나 아빠 들볶지 좀 말고."

딸애가 노려보는 시선이 엄마의 가슴 깊숙하게 들어와 박혔다. 엄마는 아팠다. 온몸에서 힘이 쭉 빠져나가는 것 같았다. 엄마는 후들거리는 두 다리를 억지로 움직여 안방으로 들어가 문을 꼭 닫았다. 뒤통수로 현지의 짯짯한 시선이 무수히 날아와 꽂혔다.

하얗게 질린 엄마의 얼굴을 보고 현지는 속으로 아차, 싶었지만 정말 해 주고 싶은 말이었다. 현지는 엄마도 다른 집 엄마들처럼 직장에 다녔으면 싶었다. 하루 종일 집 안에 들어앉아 식구들이 돌아오기만을 눈이 빠지게 기다리고, 일일이 간섭하는 엄마의 모습은 결코 좋아 보이지 않았다. 현지는 절대로 엄마처럼 살지 않겠다고 맹세했다.

날은 하루가 다르게 따뜻해지고 있었다. 봄날이었다. 개나리며 진달래가 방긋방긋 웃으며 피어났다. 이런 날일수록 현지는 교실에 갇혀 있는 게 참 괴로웠다.

종례 시간에 담임 선생님이 반 아이들에게 말했다.

"누구 거북이 마라톤 대회에 선생님이랑 같이 나갈 사람 없나?"

"거북이 마라톤이요?"

"그래, 거북이처럼 천천히 뛰는 마라톤이지. 봄이면 우리 구에서 대회가 열리는데, 우리 학교에서는 스승과 제자가 한 팀이 돼서 나가거든. 마라톤이라고 해서 겁먹을 필요는 없어. 42.195킬로를 다 뛰지 않고, 단축해서 10킬로나 5킬로를 뛰거든. 그마저도 힘들면 중간에 쉬어도 되고, 천천히 걸어가도 돼. 같이 갈 사람?"

현지가 손을 번쩍 들었다.

"현지가 같이 가 줄래?"

"아뇨, 거북이 마라톤에도 혹시 페이스메이커가 있나 싶어서요."

현지는 저번에 아빠한테 들었던 그 말이 생각났다.

"페이스메이커?"

반 애들이 현지를 돌아보았다.

"거북이 마라톤 대회는 페이스메이커가 따로 필요 없단다. 같이 출전하는 사람이 서로에게 페이스메이커가 돼 주니까. 나머지 아이들은 페이스메이커가 무슨 말인지 모르는 표정이구나. 페이스메이커란 말이야……."

선생님이 칠판에 커다랗게 페이스메이커라고 쓰고 나서 설명을 하기 시작했다.

종례가 끝나고 정민이가 찾아왔다.

"나, 거북이 마라톤 대회 나가기로 했어."

"뭐? 네가?"

정민이는 깜짝 놀랐다.

"너 운동 엄청 싫어하잖아."

"그러게."

"근데 왜? 아하! 알겠다."

정민이가 갑자기 아는 척을 했다.

"이제부터 운동을 좋아하겠다 이거군. 운동하는 남자친구가 생겼으니까."

"뭐? 아냐! 그걸 왜 거기다 갖다 붙여?"

"아니긴 뭐가 아니야. 장한중의 박지성! 우리 학교 축구부 주장이

네 남친인 거 모르는 애들도 있냐?"

현지는 정민이의 어깨를 탁 때리고 곱게 눈을 흘겼다.

"페이스메이커 때문이란 말이야."

현지는 며칠 전 아빠가 해 준 얘기와 방금 교실에서 있던 일을 들려주었다.

"그래서 결국 우리 반 애들 전부 참가하게 됐어. 모르는 건 직접 몸으로 겪어 보면 잘 안다고 담탱이가 애들을 억지로 끼워 넣은 거라고."

"몽땅 다? 그럼 나도 한번 참가해 볼까?"

"그러든지."

"있지, 내가 얼마 전에 어떤 사이트에 가입했거든. 인생을 매력적으로 디자인해 준다고 해서, 흐흐흐. 거기서도 페이스메이커 얘기를 하더라. 우리 인생에서는 페이스메이커가 대단히 중요한 존재인데 학생이나 어른이나 그런 사람이 주위에 많으면 많을수록 큰 도움이 된대. 학생들은 공부하는 데 도움이 되고, 어른들은 성공할 확률이 높아진다는 거야."

"넌 이젠 별 데를 다 돌아다니는구나."

"내가 원래 그런 데 관심이 많잖니? 사는 게 좀 힘드냐?"

"하긴."

둘은 한숨을 포옥 내쉬었다.

"앞으로 우린 오래 살아야 하잖아. 근데 그 사이트에서 페이스메이커가 사는 데 도움이 된다니까 귀가 솔깃하더라고. 유혹을 뿌리칠 수 있게 도와주고, 이럴 땐 이렇게, 저럴 땐 저렇게 하라고 가르쳐 준대. 그렇게 인생의 조력자가 알려 주는 대로만 하면 공부도 잘하고, 원하는 대학에도 척척 붙고, 좋은 회사에 취직도 하고, 돈도 많이 벌고. 성공할 수 있다니까 얼마나 좋아."

현지도 그런 사람이 주변에 있으면 좋겠다는 생각을 했다.

"그 사이트 이름이 뭔데?"

"셰르파."

"뭐?"

"셰, 르, 파."

"셰르파가 뭔데?"

"그런 게 있어. 궁금하면 들어가 보든가."

엄마가 가출했다!

학원이 끝나고 돌아와 보니 엄마가 없었다. 늘 집에서 시계를 쳐다보며 자신이 오기만을 기다리던 엄마가 보이지 않자 현지는 조금 의아했다. 1분 1초라도 제 시각에 딱 와야 직성이 풀리는 엄마였다. 조금이라도 늦으면 어디를 갔느냐, 누구를 만났느냐, 추궁이 이만저만이 아니어서 여간 짜증나지 않았다.

그런 엄마가 보이지 않으니 현지로서는 반가운 일이었다.

"앗싸, 해방이다!"

현지는 서둘러 교복을 벗어 던지고 휴대폰으로 친구들에게 메시지를 날렸다. 이 황금 같은 기회를 놓칠 수는 없었다. 아마도 엄마는 갑자기 급한 약속이 생긴 모양이었다. 현지는 엄마가 아예 밤늦게까지 돌아오지 않았으면 좋겠다고 생각했다.

얘들아, 빨랑 나와

오늘은 내가 떡볶이 쏜닷~!!

노래방도 갈까? ㅎㅎ

　현지는 정신없이 메시지를 날리며 혹 그새 엄마가 들이닥칠지도
모른다는 불안감에 재빠르게 집을 빠져나왔다.
　엘리베이터에서 동생을 만났다.
　"현중아, 너 누나 못 봤다 그래야 돼!"
　현중이는 태권도 도장에 다녀오는 모양이었다.
　"누구한테? 누나 어디 가?"
　현지는 집게손가락을 입술에 대고 조용히 말했다.
　"조용히 해. 왜 이렇게 큰 소리로 떠들어? 엄마가 물어보면 못 봤
다고 하라고. 알았어?"
　"응, 알겠어."
　현지는 뒤뚱거리며 집으로 들어가는 현중이의 뒷모습을 힐끗 보고
엘리베이터에 올라탔다.

아, 이 얼마만의 자유인가! 하늘이라도 훨훨 날아갈 것 같았다. 현지는 이것저것 하고 싶은 일들이 무척 많았다. 떡볶이를 쏜다고 했으니 먼저 친구들과 분식집에 갔다. 영주랑 지혜가 나왔다. 다른 친구들은 바쁘다고 했다. 정민이는 어쩐지 부르고 싶지 않았다.

떡볶이를 다 먹고 나서는 옷 구경을 했다. 사고 싶은 옷이 정말 많았다. 손에 잡히는 대로 이 옷 저 옷 들춰 보았다.

"이거 어때?"

영주가 물었다. 요즘 애들 사이에서 최고로 유행하는 옷이었다.

"오, 예쁘다!"

"그치?"

"얼마야?"

지혜가 가격표를 보더니 소리를 빽 질렀다.

"너무 비싸."

영주는 아쉬워하면서 티셔츠를 제자리에 걸어 놨다. 현지가 그 티셔츠를 다시 꺼냈다.

"어때? 어울려?"

"사려고?"

"이 정도쯤이야. 근데 예뻐?"

지혜랑 영주가 동시에 말했다.

"넌 뭘 입어도 예뻐."

바로 그게 현지가 듣고 싶은 말이었다. 현지는 어깨를 으쓱하고 티셔츠를 들고 카운터로 갔다. 친구들과 몰려다니는 재미는 바로 이런 것이었다.

노래방에도 갔다. 현지는 새로 산 티셔츠로 갈아입고, 최신 가요를 불렀다. 친구들과 탬버린을 치고 꽥꽥 괴성을 지르며 아주 난리도 아니었다. 그동안 쌓였던 스트레스가 확 날아갔다.

밖으로 나오니 이미 주위가 어두워졌다. 정신없이 놀다가 시간 가는 줄도 몰랐다. 지혜랑 영주가 울상을 지었다.

"난 몰라, 엄마한테 죽었다."

둘은 손을 꽉 붙들고 마을버스 정류장으로 달려갔다. 가다가 영주가 뒤돌아서 소리쳤다.

"현지야, 오늘 잘 놀았어!"

곧 버스가 오고 친구들이 올라탔다. 현지는 그 애들이 타고 떠나는 버스를 쳐다보다 터벅터벅 길을 거슬러 올라갔다. 친구들은 옆 동네에 산다.

아파트가 저 앞에 보이자 현지도 슬슬 걱정이 되기 시작했다. 엄마가 단단히 벼르고 있을 터였다. 휴대폰을 확인하니, 어쩐 일인지 엄마한테서 전화나 메시지가 한 통도 오지 않았다. 다른 때 같았으면 수십 통이 쌓이고도 남았을 텐데.

현관 옆에 빈 자장면 그릇이 놓여 있었다. 웬일일까. 엄마는 배달 음식을 잘 먹지 않는다.

　문을 열어 준 사람은 아빠였다.

　"이제 오니?"

　"다녀왔습니다."

　현지는 조그맣게 말하면서 집 안을 살폈다. 엄마는 보이지 않았다.

　"저녁은 먹었어? 우린 자장면 시켜 먹었다. 현지도 자장면 시켜줄까?"

　현중이가 입가에 시커면 춘장을 잔뜩 묻히고 열심히 게임기를 두드리고 있었다.

　"엄마는?"

　현지의 눈은 끊임없이 집 안 구석구석을 살폈다.

　아빠가 헛기침을 했다.

　"배 안 고파? 아빠가 자장면 시켜 줄게. 아니면 탕수육 먹을래?"

　"응!"

　큰 소리로 대답한 아이는 현중이었다.

　"넌 방금 자장면 먹었잖아."

　"누나 먹을 때 나도 또 먹을 수 있어."

　아빠는 탕수육을 시켜 줬다.

　엄마 없이 아빠랑 현중이랑 셋이서 먹는 탕수육은 정말 맛있었다. 현중이는 며칠 굶은 아이처럼 탕수육을 집어 먹었다. 볼이 미어터질 것 같았다.

"천천히 먹어, 현중아. 모자라면 또 시켜 줄게."

아빠는 남매가 먹는 모습을 한참 바라보았다.

"얘들아."

아빠가 낮은 목소리로 아이들을 불렀다.

"당분간 엄마는 집에 오지 않을 거야."

아빠가 조심스레 말을 꺼냈다.

"당분간이야, 시간이 좀 지나면 돌아오실 거야. 그러니까 너희가 이 상황을 이해해 주었으면 좋겠구나."

아빠는 며칠 전의 일을 떠올렸다. 현지 때문에 속이 무척 상한 엄마는 아빠를 붙들고 하소연을 늘어놓았다. 현지가 요즘 자신을 벌레 보듯 한다고. 엄마를 피해 다니는 딸이 세상에 어디 있느냐고.

"내가 저 하나 믿고 사는데 어쩜 나한테 그럴 수가 있지? 엄마 맘을 몰라도 어떻게 그렇게 모를 수가 있어?"

엄마는 분을 참지 못하여 눈물까지 보였다.

차분히 엄마의 하소연을 다 들어 준 아빠는 지금이 아주 좋은 기회라 생각되었다. 그렇다고 선뜻 말을 꺼내기는 망설여졌다. 오해하지나 않을까 염려되었기 때문이다. 그만둘까 하다가 지금이 아니고서는 일부러 말을 꺼내기가 더 곤란할 것이 틀림없었으므로 아빠는 용기를 내기로 했다.

드디어 아빠는 입을 떼었다.

"여보, 현지 엄마."

아빠가 엄마의 눈을 바라보았다.

"아니, 인희야."

난데없이 이름이 불린 엄마는 의아해서 아빠를 마주 보았다.

"당신도 당신 인생을 살았으면 좋겠어."

순간 엄마는 가슴속에서 쿵, 하고 무언가가 떨어져 내리는 소리를 들었다. 거대한 바위 덩어리 같은 엄청나게 큰 무엇이었다.

"다, 당신도 어쩜 현지랑 똑같은 말을……."

엄마는 말을 제대로 잇지 못했다.

"당신도 내가 그렇게 우습게 보여? 내가 하는 짓이 하찮고, 귀찮고, 그런 거야?"

"아니, 절대로 그런 게 아니야. 인희야, 내 말 오해하지 말고 들어 줬으면 좋겠어. 당신이 현지를 위해서 사는 것도 중요하지만, 난 당신이 당신을 위해서 살았으면 좋겠다는 거야. 다른 사람이 아닌 바로 정인희, 자신을 위해서 말이야."

그건 아빠가 오랫동안 생각해 왔던 말이었다. 특히 요즘 들어 부쩍 그랬다.

"엄마가 돼서 어떻게 자기만 위해서 살아? 엄마가 애들을 위해서 살아야지."

"물론 나에게는 현지도 현중이도 소중해. 하지만 내게는 당신이 첫째야."

아빠는 오래전에 읽은 책의 글귀를 기억했다.

'남자가 자식들에게 줄 수 있는 최고의 선물은 그들의 어머니를 사랑하는 것이다!'

그 문장을 읽는 순간 아빠는 아버지의 할 일이란 바로 그것임을 확실하게 깨달았다.

엄마는 마른침을 꿀꺽 삼켰다. 한여름 뙤약볕 쏟아지는 운동장처럼 머리가 뜨겁고, 텅 비워져 가는 것 같았다.

"내가 그동안 미안해서 말을 못 했는데, 지금까지 당신 고생 너무 많이 했어. 나 알아, 당신이 우리 가족을 위해서 얼마나 애썼고, 또 지금도 애쓰고 있는지."

엄마는 코끝이 저릿해지면서 눈물이 핑 돌았다.

"그 고마운 마음, 여기 이 가슴 깊숙하게 새기고 있어."

아빠가 엄마 손을 끌어다 자기 가슴에 댔다.

"난 당신이 이제 당신을 위해서도 좀 살았으면 좋겠다는 거야. 누가 뭐래도 당신 인생이잖아?"

'내 인생?'

엄마는 오랫동안 잊고 지내던 그 낯선 단어를 속으로 나지막이 읊조려 보았다.

"그 왜, 회사에 오래 다니면 안식년이라는 거 있잖아?"

엄마는 똑똑히 느낄 수 있었다. 아직도 '내 인생'이라는 단어가 심장 속에 펄떡펄떡 살아서 맹렬하게 뛰고 있음을.

"당신이 올해 안식년을 쓰면 어떨까?"

아빠는 아주 조심스럽게 물었다.

"아, 물론 나도 언젠가는 안식년을 쓰고 싶어. 당신이 허락한다면 말이지."

엄마는 눈물을 닦고, 어리둥절하여 아빠를 보았다. 엄마는 뭐가 뭔지, 어떻게 된 건지 가늠을 잡지 못했다.

"잘 생각해 봐. 난 언제까지나 당신 편이야."

아빠는 엄마를 위해 고개를 끄덕여 주었다.

엄마는 그 순간부터 고민하지 않을 수 없었다. 잠시도 아빠의 제안이 머릿속을 떠나지 않았다. 생각하고, 궁리하고, 검토했다. 며칠을 끙끙거렸는지 모른다. 마치 오랫동안 기다려 왔다는 듯 아빠의 제안을 끌어안고, 온 시간을 고민했다.

그리고 고민의 결과, 오늘과 같은 상황이 된 것이다.

아빠는 아이들이 오해하지 않게 최대한 조심하면서 엄마의 결정에 대해 얘기해 주었다. 현중이는 탕수육에 푹 빠져서 아빠의 말을 듣는 둥 마는 둥 했지만 현지는 달랐다. 눈을 반짝이면서 대뜸 이랬다.

"가출이네. 집을 나갔으니 가출이지 뭐."

"그래, 네 말대로 외할머니 댁으로 가출했다. 하하하."

아빠는 일부러 크게 웃었다.

방으로 들어온 현지는 웃음을 참을 수가 없었다. 이렇게 좋을 수가! 엄마가 스스로 사라져 주다니. 이제 간섭하는 사람도 없고, 잔소리하는 사람도 없고, 이래라 저래라 명령할 사람도 없다는 생각에 현지는 신이 나서 하하하, 호호호, 낄낄낄 한참을 웃어 댔다.

자유라는 감옥

"현지야, 현중아! 어서 일어나!"

아빠의 목소리가 집 안을 쩌렁쩌렁 울렸다. 아빠는 시계를 보고 재빠르게 식탁에 그릇을 놓고, 냉장고에서 우유를 꺼냈다. 시간 맞춰 일어난다고 했는데, 잘하면 지각이다.

"어서 일어나라니까!"

아이들은 꿈쩍도 하지 않았다. 아빠는 현지의 방문을 확 열어젖혔다. 노크고 뭐고 그런 거 챙길 여유란 없었다.

"현지야! 어서 일어나, 밥 먹어!"

이번에는 현중이의 방으로 달려가 뒤집어쓰고 있는 이불을 강제로 걷으며 소리쳤다.

"현중아, 밥 먹고 학교 가야지."

두 방을 왔다 갔다 하며 소란을 떤 덕분인지 아이들은 그제야 느릿 느릿 일어나 식탁으로 다가왔다.

"늦었어, 시계 좀 봐. 얼른 앉아 먹어."

현중이는 잘 떠지지 않는 눈을 비비며 식탁 앞에 앉아 숟가락을 들 었다. 현지는 어리둥절해서 아빠를 쳐다보다가 곧 어떻게 된 일인지 알아챘다.

'맞다, 엄마가 집을 나갔지!'

갑자기 잠이 확 깬 현지는 부지런히 왔다 갔다 하는 아빠의 모습을 물끄러미 쳐다보았다.

"얼른 먹고 가. 아이고, 이거 터져 버렸네."

아빠가 프라이팬을 통째로 들고 와 접시에 쓸어 담은 달걀프라이 는 노른자랑 흰자가 범벅이 돼 있었다.

"내일부터는 안 터뜨릴게."

현지는 즐겁게 식탁 앞에 앉았다. 그릇에는 시리얼이 우유에 푹 잠 겨 있었다. 한 술 떴더니 시리얼이 라면처럼 퉁퉁 불어 있었다. 그래 도 맛있다.

"아빠, 난 노른자가 반쯤 익은 게 좋아."

터진 달걀프라이를 먹는 현지는 행복감에 젖었다. 이 얼마나 아름다 운 아침 풍경인가. 그동안 드라마나 영화에서나 보던 장면이다. 토스트와 달걀프라이 혹은 시리얼과 빨간 사과 그리고 주스 한 잔.

"엄마, 우리도 토스트나 콘플레이크 먹자."

우아하게 아침을 시작하는 사람들이 부러웠던 현지가 그런 주문을 하면 엄마는 언제나 거절했다. 아침엔 무조건 밥을 먹어야 한다고. 현지네 아침 밥상은 늘 밥과 국과 여러 가지 반찬들로 차려졌다. 덕분에 현지는 촌스럽게 아침부터 냄새 폴폴 풍기는 된장국이나 김치찌개를 먹어야 했다.

"아빠가 밥을 잘 못하잖니, 이해해 주라. 아침부터 밥하고, 찌개 끓이는 거 아빠는 엄두도 못 내. 당분간 이렇게 때우자."

아빠는 미안해했지만 현지는 천만의 말씀이었다.

"아냐, 난 이렇게 먹는 게 소원이었어. 너도 그렇지?"

현지가 현중이의 옆구리를 툭 쳤으나 물어보나마나였다. 현중이는 이미 그릇을 비우고 숟가락을 빨고 있었다. 쟨 언제나 없어서 못 먹는다.

학교에 가서도 하루 종일 기분이 좋았다. 콧노래도 흥얼흥얼 나왔다. 반 아이들이 무슨 좋은 일이 있느냐고 물었다.

"좋은 일? 있지! 있고말고."

그러자 아이들은 너나 할 것 없이 "남친이랑 사이 좋은가 봐!" 하고 부러움 섞인 시선을 흘끔흘끔 날렸다. 웬 설레발? 현지는 아이들을 신경 쓰지 않았다.

현지는 정민이에게만 엄마의 가출 소식을 알려 줬다.

"천국이 따로 없다니까."

현지는 두 팔을 날개처럼 휘저었다. 저 하늘까지 곧장 날아갈 수 있을 것 같았다.

"현지야, 혹시……."

정민이가 조심스레 현지의 눈치를 살폈다.

"혹시 뭐?"

"너네 엄마 아빠 헤어지신 거야?"

"뭐어?"

현지는 배를 잡고 웃어댔다.

"아니야. 외할머니 댁에 가 계시다니까. 거기 우리 집에서 별로 멀지도 않아."

"그러다 영영 안 돌아오시면? 그땐 어떡해?"

정민이는 매우 걱정된다는 표정이었다.

"아빠가 당분간이라고 그랬으니까 좀 있으면 오시겠지 뭐. 첫, 난 차라리 영영 안 돌아왔으면 좋겠다!"

"안 돼!"

"얘가 왜 소릴 지르고 난리야? 안 되긴 뭐가 안 돼? 엄마가 없으면 얼마나 편한데. 너도 엄마 없이 살고 싶을걸?"

정민이의 표정이 딱딱하게 굳었다. 이상한 애도 다 있다. 같이 낄

낄대며 좋아해 주지는 못할망정 잔뜩 심각한 표정을 지을 건 또 뭐 람. 정민이의 얼굴은 점점 더 어두워지더니 갑자기 눈에 눈물이 가득 고이기 시작했다.

"너 어디 아파?"

정민이는 고개를 푹 숙이고 도리도리 젓기만 했다.

"근데 왜 그래?"

"나 먼저 가 볼게. 미안."

정민이는 현지를 남겨 두고 가 버렸다. 현지는 단발머리를 나풀거 리며 뛰어가는 정민이를 멀뚱히 쳐다보았다.

집에 거의 다 왔을 때 정민이에게 메시지가 왔다.

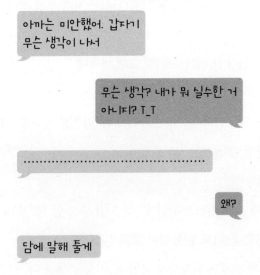

'나 참, 별 싱거운 애도 다 있네.'

문을 열고 집 안으로 들어오니 텅 빈 거실이 현지를 반가이 맞아주었다. 현지는 책가방을 던지고 소파 위로 올라가 경중경중 뛰며 환호성을 질렀다.

주방으로 갔더니 아침에 먹었던 빈 그릇이 식탁 위에 그대로 있었다. 날벌레들이 그릇 안쪽에 앉아 놀다가 화들짝 달아났다. 냉장고, 수납장을 뒤졌으나 먹을 게 없었다. 그 흔한 과자나 라면도 보이지 않았다. 엄마는 인스턴트 음식을 잘 사지 않는다. 대신 뭐든 직접 만들어 준다.

현지는 태권도 도장에서 돌아오는 현중이를 붙잡고 말했다.

"누나가 피자 시켜 줄 테니까 넌 5000원만 내."

피자라는 말에 현중이가 팔딱팔딱 뛰면서 좋아했다. 그러더니 통장을 들고 와 내밀었다.

"여기서 꺼내 가."

돼지 저금통이라면 갈라서 꺼내기라도 하지. 현중이는 돈 쓸 줄을 몰라서 용돈을 받으면 무조건 은행에 저금한다. 할 수 없이 현지는 제 돈으로 피자 값을 다 내야 했다.

"여기다 누나한테 5000원 갚겠다고 써. 그리고 사인해."

물론 현중에게서 각서를 받는 것도 잊지 않았다.

아빠도 일찌감치 들어왔다.

"우리 저녁 뭐 시켜 먹을까? 뭐 먹고 싶어? 다 말만 해."

아빠도 엄마 없는 해방감을 만끽하고 싶은 모양이었다. 헤벌쭉 웃어 대는 저 모습 정말 오랜만이다.

현중이가 신이 나서 음식 이름을 마구 댔다. 현지도 질세라 떠오르는 대로 말했다.

"좋았어! 오늘 저녁은 돈가스에다가 우동이다."

배달 음식이 오고 세 식구는 즐거이 둘러앉았다. 이렇게 행복해도 되는 거야? 맛있게 저녁밥을 먹고 현지는 거실 바닥에서 뒹굴거리며 텔레비전을 보았다. 아빠도 한결 편안해진 모습으로 느긋하게 소파에 누워 있었다.

"아빠, 나 컴퓨터 해도 돼?"

"응, 딱 한 시간만 해."

현중이는 컴퓨터로 달려가 금세 게임에 푹 빠졌다.

한 시간쯤 지났을 때 아빠가 그만하라고 하자 현중이는 곧 컴퓨터를 끄고 왔다.

"아빠, 나 이제 뭐 해?"

현중이가 물었다. 아빠가 고개만 살짝 들고 말했다.

"책가방 다 싸 놨어? 준비물 미리 챙겨 놓고."

"응, 알겠어. 아빠."

현중이는 제 방으로 들어갔다.

"현지, 너도 학교 갈 준비 다 해 놨어?"

"이따 해도 돼."

"잠자기 전에 꼭 하고 자. 아침에 챙기려면 시간 없으니까."

"응."

현지는 텔레비전에 눈길을 묶어 둔 채 건성으로 대답했다.

그러곤 깜박 잊고 그냥 자 버렸다.

다음 날 아침, 전날처럼 허둥지둥 서두르며 우유에 퉁퉁 분 시리얼과 터진 달걀프라이를 먹고 학교에 갔고, 준비물을 챙겨 오지 않아 선생님한테 꾸중을 듣고, 그 벌로 화장실 청소를 해야 했지만, 집에 갈 생각만 하면 기분은 좋았다.

저녁 때 다시 모인 세 가족은 또 배달 음식을 시켜 먹었고, 거실에 옹기종기 모여 텔레비전을 보았다. 누가 봐도 화목한 가정이었다.

그런 식으로 며칠이 지났다.

현지는 이제 시리얼이 맛없어졌다. 아침부터 퉁퉁 불어 터진 시리얼을 먹기는 싫었다. 잼 바른 토스트로 메뉴를 바꿨으나 그도 며칠 가지 않아 질리는 맛이었다.

준비물도 종종 빠뜨리고 다녀 선생님께 꾸중 듣는 일도 많아졌다. 처음에 한두 번은 웃으면서 넘어갔지만 여러 번 반복되다 보니까 조금씩 짜증이 일기 시작했다.

집도 청소를 하지 않아 지저분하기 짝이 없었다. 며칠 전에 휙, 집

어딘진 양말 한 짝이 아직도 거실 바닥에서 자유롭게 굴러다니고 있었고, 집 안 곳곳에 먼지가 뽀얗게 앉은 게 눈에 훤히 보였다. 머리카락은 또 얼마나 많이 떨어져 있는지. 꼭 돼지들이 신나게 놀고 지나간 자리 같았다.

"아빠, 청소 좀 해. 이게 뭐야?"

퇴근해 들어오는 아빠에게 현지가 툴툴거렸다.

"너희가 또 어지럽힐 텐데 청소는 뭐하러 해?"

아빠의 어이없는 대답에 현지는 말문이 막혔다. 그 말은 전에 자신이 종종 하던 말이었다. 엄마가 방 청소 좀 하라고 닦달하면 "어차피 어지럽힐 건데 뭐하러 힘들게 청소를 해?"라곤 했었다.

"너무 지저분하잖아."

"그러면 네가 직접 하든가. 아빠 지금 바빠, 빨래해야 돼."

현지는 입술을 삐죽이고 거치적거리는 옷가지들을 발로 밀어내며 제 방으로 들어왔다.

집 안은 날이 갈수록 더러워졌다. 거실 바닥은 신문지, 옷가지, 실내화, 음료수 병, 과자 봉지, 수건 등등으로 지저분하기 짝이 없었다. 음식물 흘린 자국이 여기저기 말라붙었고, 그 탓인지 개미가 꼬이기 시작했다.

천국 같았던 집이 이제 현지를 옭아매는 감옥으로 변해 가고 있었다. 콧속으로 파고드는 퀴퀴한 냄새. 며칠째 건조대에서 **삐삐** 말라 가는 빨래들. 조금만 더 그 상태로 지내다가는 폭탄 맞은 집처럼 될 것만 같았다.

그때 친할머니가 기적처럼 나타나셨다. 할머니는 집 안 구석구석을 뒤져 가며 닦고 쓸고 광내는 청소의 달인이셨다. 현지는 이전에 엄마가 할머니를 왜 그토록 반겼는지 그제야 이해가 갔다.

"할머니!"

"아이고, 이 녀석들아. 이게 집이냐? 돼지우리지!"

할머니는 기도 차지 않는다는 표정으로 짐을 던져 놓고 소매부터 걷어붙였다.

역시 할머니는 구세주다. 오신 지 얼마 되지 않아서 집은 환골탈태했다. 반짝반짝 빛이 날 정도였다.

무엇보다 아침에 다시 밥을 먹을 수 있게 돼서 좋았다. 냄새 폴폴 나는 된장찌개가 그렇게 맛있는지 새삼 깨달았다. 저녁도 할머니가 만들어 주는 음식을 먹었다. 역시 배달 음식은 가끔 먹어야 맛있는 법이었다.

현중이는 할머니에게 안겨 재롱을 떨었다. 그동안 응석을 받아 줄 엄마가 없어서 현중이도 허전했던 모양이다.

"할머니이."

"숨 막혀, 이놈아."

뚱뚱한 녀석이 할머니 목에 매달리니 왜 안 그러겠는가. 그러나 할머니는 마냥 싱글벙글이었다.

제일 좋아한 사람은 아빠였다. 집안일이 이렇게 힘든지 몰랐다며 고개를 설레설레 저었다. 뭐 별로 하지도 않았으면서.

또 며칠이 흘렀다.

집은 예전처럼 깨끗하고, 아침저녁으로 맛있는 밥도 먹을 수 있으며, 저녁에 좋아하는 드라마도 실컷 볼 수 있었으나 어딘지 모르게 마음 한구석이 허전했다. 할머니는 엄마처럼 잔소리를 하지도, 참견을 하지도 않으셨다.

하지만 아무리 할머니가 정성스럽게 돌봐 준다고 해도 엄마처럼 하나에서 열까지 다 챙겨 주지는 못해서, 여전히 현지는 준비물을 빠뜨리거나, 숙제도 안 하고 갈 때가 종종 있었다. 엄마가 있었을 때는 상상도 못 할 일이었다. 그 듣기 싫은 잔소리 덕분이었다.

'쳇. 간섭하지 말랬지, 아예 집을 나가랬나?'

현지는 엄마가 무책임하게 느껴졌다. 필요할 때 옆에서 도와줘야 엄마 아닌가. 언제는 찰거머리처럼 찰싹 들러붙어서 질리게 간섭하더니 이게 뭐람. 선생님께 꾸중을 들을 때마다 현지는 모든 것을 엄마 탓으로 돌렸다.

그러던 어느 날 밤, 현지는 할머니에게 라면을 끓여 달라는 현중이를 보고 버럭 소리쳤다.

"야, 너 밤에 먹으면 살찌는 거 몰라? 네 몸 장난 아닌 거 알지? 할머니 쟤 라면 끓여 주지 마세요."

현중이는 입술을 삐죽 내밀고 볼멘소리를 했다.

"누나가 왜 참견이야? 할머니가 끓여 주신다는데!"

"할머니 힘드시잖아!"

현중이가 할머니 치마폭에 매달려 졸랐다. 할머니는 알았다며 가스 불 위에 냄비를 올렸다.

"야! 그럼 네가 끓여 먹어. 설거지도 직접 하고! 어지르는 사람 따로 있고, 치우는 사람 따로 있냐?"

"누나가 엄마야? 왜 엄마처럼 잔소리를 해?"

순간 현지는 머리를 쾅 얻어맞은 것 같았다.

'내가 엄마처럼? 그렇게 싫어하던 잔소리를?'

현지는 맛있게 라면을 먹는 현중이의 모습을 물끄러미 바라보면서 엄마의 마음을 어렴풋이 짐작할 수 있었다.

수상한 러브레터

"현지 너, 왜 신청서에 도장 안 받아 와?"

담임 선생님이 현지 머리에 알밤을 먹였다.

"아얏, 무슨 신청서요?"

"뭐긴 인마. 거북이 마라톤 대회 참가 신청서지."

현지는 지난번에 거북이 마라톤 대회 참가 신청서를 나눠 주면서
부모님 도장을 받아오라고 했던 것이 생각났다.

"저, 못 나가요."

"왜?"

선생님이 실망한 표정을 지었다.

"거북이 마라톤이라 힘들지 않다니까."

"그게 아니라요."

신청서를 낸 아이는 몇 명 되지 않았다. 엄마들이 도장을 찍어 주지 않았다. 내신에 반영되지도 않는 행사에 학원을 빼먹어 가면서 참가할 수 없다는 게 이유였다.

"너도 학원 때문에?"

"엄마가 집을 나갔어요."

불쑥 그 말이 나왔다.

선생님이 당황하여 어쩔 줄을 몰라 했다. 너무 허둥거려서 오히려 현지가 미안할 지경이었다. 하지만 거짓말한 건 아니지 않은가.

"흠흠."

선생님은 연신 헛기침을 하며 현지에게 해 줄 말을 열심히 찾았다.

"이런, 선생님이…… 미안하구나."

선생님은 현지의 어깨를 툭툭 두드려 주고는 서둘러 교무실 쪽으로 걸음을 옮겼다. 현지는 웃음이 나왔다.

다음 날 선생님은 느닷없이 반 아이들과 상담을 시작했다. 방과 후한 명씩 남아서 선생님이랑 과자와 음료수를 먹으며 고민이나 관심사 얘기를 한다는 것이다. 상담을 하고 온 애들은 별 도움도 되지 않는다면서 괜히 시간만 뺏겼다고 투덜거렸다.

현지 차례가 되었다. 현지는 별 기대도 하지 않고 다만 의무감에 상담실을 찾았다. 선생님은 어색하게 웃으면서 현지를 맞았다.

"현지, 혹시 선생님한테 할 말 없니?"

"없는데요?"

선생님은 조심스레 현지의 얼굴을 살폈다. 그동안 사정도 모르면서 현지에게 벌을 준 것이 미안했다.

"하고 싶은 말 있음 다 해. 선생님이니까 들어 줄 수 있어."

"……."

"그래, 네 나이엔 정말 견디기 힘든 일이지. 그 마음 다 안다. 선생님이 미리 알지 못해서 미안하구나……."

"네?"

현지의 대답소리는 발랄하기만 했다.

"세상에 문제 없는 집은 없단다. 누구나 다 그렇지. 겉으로는 참 행복해 보이고 걱정 하나 없어 보이는 집도 알고 보면 문제가 많단다. 오히려 문제를 감추려고 일부러 행복해 보이려고 하는 집도 있지. 그러니까 왜 하필 우리 집이야? 왜 하필 나야? 이런 생각은 절대 하지 말고…… 흠흠, 용기를 내라."

선생님은 꽤나 진지했지만 잘못 짚어도 한참 잘못 짚었다.

"역경을 딛고 일어서야 해. 그래야 훌륭한 사람이 되지. 현지 넌 할 수 있어. 선생님이 도와줄게. 무슨 일 있으면 언제든지 선생님한테 말해. 메시지든 전화든 언제라도 날려."

애들 말이 맞았다. 기대도 하지 않았지만 실망감만 작렬했다. 저

판에 박힌 듯 뻔한 말이란. 현지네 급훈이 '역경을 이기고 훌륭한 사람이 되자'이니 말 다했다.

사실 현지는 자유롭지만 어딘가 불안하고 불편한 이 마음을 어떻게 해야 할지 몰랐다. 꼭 놀이공원에서 길을 잃은 어린아이 같은 마음이라고나 할까. 여기저기 재미있는 탈것들이 많아서 굉장히 기분이 좋기는 한데, 곁에 자신을 돌봐 줄 사람이 아무도 없어서 불안한 마음. 무슨 일을 해도 허전하고, 이게 맞는지 두렵고, 자신이 없었다. 누군가 옆에서 자신을 잡아 줬으면 좋겠다고 생각했다.

"아, 누구 간섭하지 않고 나 좀 도와줄 사람 없나?"

혼잣말을 중얼거리던 현지는 문득 생각나는 게 있었다.

> 덩민아! 저번에 말했던 그 사이트 이름이 뭐지?

뭔 사이트?

> 그 왜 니가 말했잖아. 인생 상담을 해 두는 곳! 페이스메이커 얘기할 때 말이야

아항, 셰르파

> 거기 주소 좀 알려 줘

85

현지는 집으로 달려와 노트북을 열고 정민이가 가르쳐 준 주소를 검색했다.

사이트는 그저 그런 평범한 곳이었다. 혹시 같은 고민을 하고 있는 사람이 있는지 게시판을 대충 훑어 보았다.

그때 메신저 창이 떴다. 정민이었다.

(정민)님의 말 : 가입함?

(현지)님의 말 : 아니, 지금 살펴보고 있는 중.

(정민)님의 말 : 가입해. 너도 도움이 많이 될 거야.

(현지)님의 말 : 넌 닉네임이 뭐야?

(정민)님의 말 : 쩡미니.

(현지)님의 말 : 알았어. 네가 쓴 거만 찾아서 읽어 볼게 ㅋㅋ

(정민)님의 말 : 넌 뭐로 할 건데?

(현지)님의 말 : 오렌지.

(정민)님의 말 : 오우~ 어린쥐~!

현지는 회원가입을 마친 뒤 다시 정민이에게 대화를 걸었다.

(현지)님의 말 : 가입 완료!

(정민)님의 말 : 우리 행성에 오신 걸 환영합니다. 이제 달님이랑 얘기해 봐!

(현지)님의 말 : 달님?

(정민)님의 말 : 운영자야, 원래는 보름달인데 줄여서 달님이라고 불러.

(현지)님의 말 : 이름 이쁘다.

(정민)님의 말 : ㅋㅋ 너도 달님에게 소원 빌어 봐!

　현지는 자유 게시판에 가입 인사를 쓴 다음 운영자인 달님에게 쪽지를 보냈다.

　왠지 마음이 든든해졌다. 길을 잃고 헤매다 바닥에 떨어져 있던 나침반을 주운 것 같은 기분이었다. 문제는 나침반을 볼 줄 모른다는 거지만.

　다음 날, 점심을 먹고 정민이와 천천히 운동장을 거닐었다.

　"달님한테 소원 빌었어?"

　"쪽지 보내긴 했어. 근데 달님이 답장을 주니?"

　"그럼. 달님은 도움 되는 말을 많이 해 줘. 이럴 땐 이렇게 하고, 저럴 땐 저렇게 하라고."

　"뭐라고 그래?"

　"비밀. 근데 신기한 게 진짜 달처럼 저 위에서 나를 굽어보고 있는 것 같아. 어쩜 그렇게 내 마음을 잘 아는지."

　"야, 오현지!"

불쑥 남자 목소리가 들렸다. 저쪽에서 남자애가 뛰어오고 있었다.

"나?"

처음 보는 남자애였다. 같은 1학년이어서 복도나 운동장에서 마주쳤을 수도 있겠지만 딱히 기억엔 없었다.

"이거."

뛰어오느라 숨이 찼던지 남자애는 헐떡거리며 손을 내밀었다. 편지 한 통이 들려 있었다.

"이게 뭐야?"

현지는 새침하게 물었다. 이 남자애도 자기한테 관심이 있는 줄 알았다. 이런 식으로 현지에게 쪽지를 주거나 선물을 주는 남학생이 꽤 있기 때문이다.

"전해 달라고 해서."

"누가?"

"몰라, 누군지. 얼른 받기나 해. 팔 떨어지겠다."

남학생은 던지듯이 편지를 주고는 다시 저쪽으로 뛰어갔다.

현지는 봉투를 이리저리 보았으나 어디에도 이름은 적혀 있지 않았다.

"러브레터가 틀림없다니까. 색깔 좀 봐라. 핑크색이잖아."

"그냥 팬레터겠지."

정민이가 편지를 낚아채려고 했으나 현지가 좀 더 빨랐다.

"종 친다. 어서 들어가자."

현지는 교실 쪽으로 뛰어갔다. 뒤따라오면서 정민이 소리쳤다.

"나도 같이 보자니까!"

현지는 잽싸게 교실로 들어와 편지를 가방 안에 깊숙이 넣었다. 그리고 집에 오자마자 편지를 뜯어보았다.

내가 경전을 읽고 있는 사이

나팔꽃은

최선을 다해 피었구나

암호인가?

현지는 편지지 앞뒤를 훑어보았다. 적혀 있는 글귀라곤 달랑 그것뿐이었다.

현지는 그 구절을 몇 번이나 다시 읽어보았다. 무슨 뜻인지 잘 알 수는 없지만 어쩐지 멋있는 말 같았다.

'누굴까? 누가 이런 편지를 보냈을까?'

아무리 생각해 봐도 떠오르는 사람은 없었다. 잘못 온 건가 싶었으나 그런 것 같지도 않았다.

답답해하고 있을 때 수상한 러브레터가 한 통 더 왔다. 퇴근해 돌아오는 아빠가 편지 왔다며 전해 준 것이다. 우표가 붙어 있지 않은 걸 보니 누군가 몰래 와서 우편함에 넣은 모양이었다. 이번에도 보내는 사람의 이름은 없었다.

먼저 보낸 편지는 잘 받았니? 이상한 편지를 받았다고 당황해하고 있을 것 같구나. 거기에 적힌 시는 일본 사람이 지은 하이쿠야. 그냥 짧은 시라고 생각하면 돼. 일본 하이쿠의 거장 마쓰오 바쇼는 '좋은 시가 되려면 모습을 먼저 보이고 마음은 뒤로 감추라'고 말했지만, 나는 모습을 감추고 마음을 보이기 위해 이렇게 편지를 쓰기로 했어. 내가 누군지 궁금하겠지? 하지만 당분간 모습을 감추고 있을래. 내가 전하고 싶은 건 마음이니까.

우리가 살아가는 길에는 수많은 돌이 놓여 있어. 그냥 무턱대고 길을 걷다가는 그 돌에 걸려 넘어지겠지? 그러면 그 돌은 걸림돌이 되는 거야. 만약 어떤 사람이 그 돌을 밟고 좀 더 높은 곳으로 올라갔다면, 그 돌은 디딤돌이 되는 거고. 그것이 걸림돌인지, 디딤돌인지는 우리가 어떻게 이용하는가에 따라 다르다는 얘기지.

또 살아가다 보면 앞을 가로막는 수많은 문과 맞닥뜨리게 될 거야. 어떤 사람은 문 앞에서 좌절하고, 어떤 사람은 돌아가고, 또 어떤 사람은 무너뜨리려 하고, 역시 다양한 사람들이 있을 수 있겠지.

그런데 모든 문에는 반드시 열쇠가 있단다. 그럼 그 열쇠로 열고 나아가면 참 쉽겠지?

무슨 소리냐고?

열쇠를 주고 싶다는 얘기야.

네 앞을 가로막는 문을 활짝 열어젖힐 열쇠를 말이야.

이제부터 열쇠를 하나씩 보내 줄 테니까 그것으로 인생의 문을 열고 한 발짝 한 발짝 앞으로 나가길 바라.

그래서 난 경전을 열심히 읽고 있으니(이 말의 뜻은 네게 도움을 주기 위해 공부를 열심히 하고 있다는 거야), 현지 너는 네 인생의 나팔꽃을 활짝 피우기 위해 최선을 다해 다오.

영원한 네 편으로부터

머릿속은 더 복잡해졌다. 하이쿠는 뭐고, 난데없이 돌멩이와 문 얘기는 또 뭐며, 거기다 열쇠라니?

현지는 자신을 위해 공부를 하겠다고 한 그 남학생이 궁금하기 짝이 없었다. 영원한 나의 '팬'이라니. 도대체 누굴까? 항상 주변을 맴도는 2반의 그 아이일까? 아님 지난 화이트데이에 사탕을 주면서 얼굴을 붉히던 그 아이?

누군지 딱 짚이는 아이는 없었지만 꽤나 똑똑한 아이인 것 같았다. 한글 필기체로 인쇄된 그 편지를 현지는 몇 번이고 되풀이해서 읽고 책갈피에 곱게 끼워 넣었다.

지름신과 결별하기

만나서 반갑습니다. 신발 속의 돌멩이는 아주 작더라도 걸을 때마다 발을 찌르기 때문에 매우 아프죠. 커다란 바위를 짊어지고 가는 사람만큼이나 고통스러워요. 그러므로 어떤 자그마한 문제라도 소홀히 하지 말아야 한답니다.

재밌는 얘기 들려 드릴까요? 어떤 사람이 정글에서 길을 잃었답니다. 나침반도 없고, 나뭇가지나 나이테를 보고 방향을 읽는 방법도 모르고, 그렇다고 밤하늘의 별을 보고 길을 알아낼 능력도 없는 그저 평범한 도시인이었어요. 그는 주머니를 뒤졌어요. 지하철 노선도가 나오더랍니다. 그가 살던 도시의 지하철 노선도요. 정글에서 도시의 지하철 노선도가 무슨 소용이 있을까요? 그런데 놀랍게도 기적이 일어납니다. 그가 노선도를 보면서 정글을 빠져나오는 데 성공한 겁니다. 지하철 노선도에 정글의 길이 그려져 있는 것도 아니고, 그는 어떻게 정글을 헤치고 나왔을까요?

달님에게서 답장이 왔다. 답장은 현지에게 많은 생각거리를 던져
주었다. 지하철 노선도를 보고 정글을 빠져나온 사람 얘기는 궁금증
을 자아냈다. 퀴즈인가 싶어 답도 열심히 생각해 봤다.

퀴즈는 아니고요, 그냥 한 번 생각해 보라는 의미입니다. 함께 보내는 파일은 편
지지입니다. 이 편지지를 컬러 프린트하여 거기에다 오렌지님을 괴롭히는 그
얄미운 돌멩이를 잡아 넣으세요. 지금 가장 괴롭히는 고민거리를 구체적으로,
컴퓨터로 치지 말고, 반드시 출력한 다음에 손으로 직접 써야 합니다.

현지는 달님이 시키는 대로 편지지를 출력했다. 불타오르는 붉은
태양이 바탕에 그려진 예쁜 편지지였다.

다 썼으면 잘 접으세요. 그리고 편지지에 어울리는 빨간 상자를 찾아보세요.

현지는 문방구로 달려갔다. 집에 그런 상자가 있는지 없는지 알 길
도 없었고, 또 설령 있다 하더라도 새로 사는 게 좋으니까.
"아저씨, 상자 있어요?"
주인 아저씨는 금방 알아듣지 못했다. 현지는 대답도 기다리지 않

고 진열대 안쪽으로 들어갔다. 조그맣고 귀여운 빨간 상자가 눈에 띄었다. 편지지와 안성맞춤으로 보였다.

상자 값을 치르고 나오려는데 현지의 눈을 잡아끄는 것이 있었다. 꼭지에 미키마우스랑 미니마우스가 달린 귀여운 볼펜이었다. 현지는 볼펜을 집어 들었다.

"아저씨, 이거 얼마예요?"

예쁜 것만 보면 사지 않고는 못 배기는 현지는 선뜻 지갑을 열었다. 구경만 한다는 게 이것저것 사는 바람에 현지의 지갑은 어느새 텅 비고 말았다. 용돈 받은 지 일주일도 되지 않아 한 달 치를 다 써 버린 것이다. 하지만 별로 걱정하지 않았다. 늘 그랬듯 아빠한테 또 달라고 하면 되니까.

현지는 두 손 가득 물건을 들고 문방구를 나왔다. 아파트 올라가는 길에서 정민이를 만났다.

"뭘 그렇게 많이 샀어?"

"이거 볼래?"

현지는 미키마우스랑 미니마우스 볼펜을 꺼내 보여 주었다.

"달님한테 답장이 와서 상자를 사러 왔다가 이걸 발견한 거야. 완전 득템했어!"

"또 그놈의 지름신. 널 누가 말리니? 근데 달님이 뭐래?"

"이걸 사래."

현지가 빨간 상자를 꺼내 흔들어 보이자 정민이 고개를 갸우뚱
했다.

"상자? 왜?"

"너 혹시 빨간 상자의 비밀이라고 아니? 히히히."

기분이 좋아진 현지는 요상한 웃음을 날리며 잽싸게 집으로 돌아
와 노트북을 켰다.

> 편지지를 잘 접어서 빨간 상자에 담으세요. 그리고 뚜껑을 꽉 닫은 다음 책상
>
> 이나 장식장 위에 잘 진열해 놓으세요. 그러면 놀라운 일이 생길 거예요. 보름
>
> 달은 언제든지 오렌지님의 밤을 환하게 비추겠습니다. To be continued.

답장은 거기서 끝이 나 있었다. 현지는 우선 사 온 물건들부터 찬
찬히 살펴보기로 했다. 아무리 봐도 잘 샀다는 생각이 들었다. 현지
가 새로 산 볼펜을 연필꽂이에 넣으려는데 아뿔싸, 거기에 똑같은 볼
펜이 있는 게 아닌가.

현지는 그제야 생각이 났다. 똑같은 볼펜을 전에 사 놓고는 그새
잊어버리고 또 산 것이다.

"아, 내가 왜 이러지?"

똑같은 물건을 두 번씩이나 사다니. 현지는 전에도 종종 그런 실수
를 하곤 했다.

"할 수 없지 뭐, 그래도 살 땐 즐거웠으니까."

현지는 새로 산 볼펜을 현중이에게 주기로 했다.

"너 이거 가져. 선물이다."

현중이가 게임기를 열심히 두드리다 고개를 들었다.

"있던 거잖아. 싫어."

"아냐, 새 거야. 방금 사 온 거야."

"그걸 왜 또 사. 누나 방에서 본 적 있는데."

현지는 우물쭈물 말을 하지 못했다.

"현지 너, 또 쓸데없는 거 사 온 모양이구나."

베란다에서 빨래를 걷던 할머니가 말했다.

"이리 가져와 봐라."

현지가 주뼛거리며 볼펜을 가져갔다. 할머니가 그걸 받아들더니 현지 방에 가서 연필꽂이에 있는 것과 비교해 보았다.

"할머니가 너네 집에 온 지 며칠 되지 않아도 이 볼펜이 네 방에 있다는 걸 아는데, 물건 주인인 현지 넌 어떻게 그걸 모를 수가 있냐? 그저 사는 것만 좋아서 정말 큰일이구나. 물건 귀한 줄도 모르고, 아껴 쓸 줄도 모르고, 꼭 필요한 것만 사야지, 쯧쯧. 안 되겠다, 아범 돌아오면 다 얘기해야지."

현지는 그다지 걱정하지 않았다. 아빠는 언제나 현지 편이었으니까.

그러나 착각이었다. 할머니한테 모든 사정을 전해 들은 아빠는 현지를 꾸짖었다. 현지는 당황했다. 엄마한텐 비밀이라며 몰래 용돈을 내주곤 하던 아빠가 배신을 하다니.

"이제 절대로 한 달 용돈 외에 더 주지 않을 거야. 어머니도 현지한테 돈 주지 마세요. 제가 지난주에 한 달 용돈 다 줬거든요."

"아니, 한 달 용돈을 한꺼번에 줬어? 그러니 얘가 헤프게 써 버리지. 계획성 있게 쓰는 애가 아닌데. 다음 달부터는 일주일에 얼마씩 주든가 해라. 아니면 매일 조금씩 주든가."

"안 돼요, 할머니. 매일 찔끔찔끔 초딩처럼 그게 뭐예요? 저도 이제 중학생이란 말예요. 아빠, 나 다음부터는 아껴서 잘 쓸 테니까 지금처럼 한 달 치를 한꺼번에 줘, 응?"

"현지 너, 말 잘했다. 네 말대로 넌 이제 중학생이야. 근데 중학생이 초등학생보다 돈 관리를 못해서야 어디 쓰겠니?"

그러면서 아빠는 현중이에게 힐끔 눈길을 주었다. 그 의미는 뻔했다. 현지는 기분이 나빴다. 자존심도 상했다. 졸지에 동생보다 못한 누나가 돼 버린 것이다.

그동안 아빠는 현지가 아직 어려서 그러려니 하고 넘어갔다. 하나뿐인 딸아이가 원하는 것은 무엇이든 들어주고 싶은 마음도 있었다. 하지만 현지가 물건을 아낄 줄 모르고 충동구매가 심해지자 걱정이 되었다. 아빠는 할머니 제안을 따르기로 했다.

한 달 용돈을 30일로 나누니까 정말이지 누구 코에 붙이랴 싶게 적은 액수였다. 더군다나 할머니나 아빠에게 애교를 떨어 용돈을 더 얻어 낼 계획이 물거품처럼 사라져서 현지는 이만저만 실망이 아니었다.

사실 돈 관리를 잘 못해서 현지도 자신이 불만이었다. 물건을 하나 사면 계속 사고 싶어지는 것이다. 세상엔 왜 이렇게 예쁘고 귀여운 것이 많은지, 다 갖고 싶었다. 돈 쓸 때 뒷일을 걱정한 적은 없었다. 사고 싶으면 사면 되고, 용돈 바닥나면 아빠한테 더 달라면 됐으니까.

어깨를 축 늘어뜨리고 방으로 들어오자 책상 위에 있던 편지지가 보였다. 그렇지, 저기다 쓰면 되겠구나. 현지는 책상 앞에 앉아 편지지에 고민거리를 끼적거리기 시작했다.

지름신아, 우리 이제 그만 헤어져. 그동안 네 덕분에 즐겁기도 했는데, 앞으로는 너를 멀리 해야겠어. 이대로는 안 될 것 같아. 네가 오면 난 언제나 정신줄을 놓아 버리거든. 저 멀리 안드로메다까지 출장을 가 버려. 너 때문에 그동안 엄마한테 혼도 많이 났는데, 아까는 아빠한테까지 왕창 혼났다고. 그래서 말인데 이제는 네가 안드로메다로 가 줘야겠어. 지름신아, 잘 가. 영원히 안녕.

손 흔드는 그림까지 그린 다음 편지지를 잘 접어서 빨간 상자 안에 집어넣었다. 그리고 뚜껑을 꽉 닫아 장식장 위에 올려놓았다.

현지는 빨간 상자를 바라보았다.

'지금 저 안에 지름신이 갇혀 있는 거지?'

현지는 절대로 빨간 상자를 열어 보지 않기로 맹세했다. 여는 즉시 지름신이 뛰쳐나와 현지에게 들러붙어 이것도 사라, 저것도 사라며 마구 유혹할 것만 같았다.

어쨌거나 지름신을 빨간 상자에 가둬 버리고 나니 마음이 한결 개운해졌다.

다음 날 학교에서 현지는 정민이에게 빨간 상자의 비밀에 대해 말해 주었다.

"그런 방법이 있었구나. 나도 그렇게 해 봐야겠는데."

"넌 짠순이잖아."

현지는 약간 빈정거리는 투로 말했다.

정민이는 용돈을 가지고 다니지 않는다. 대신 정민이 책가방에는 통장이 들어 있다. 지갑에 돈이 가득 들어 있어야 마음이 놓이는 현지는 통장만 들고 다니는 정민이가 이해되지 않았다. 언젠가 한 번 그 통장을 보았는데, 꽤 많은 돈이 들어 있어서 깜짝 놀랐다. 정민이는 용돈이나 세뱃돈을 받으면 무조건 통장에 넣는다.

"그럼 뭐 사고 싶을 땐 어떻게 해?"

물었더니 별로 사고 싶은 것도 없단다. 꼭 필요한 것이 있으면 틈틈이 심부름해서 받거나 친척들에게 받아 따로 모아 둔 돈으로 쓰면 된다고.

따지고 보면 정민이가 돈을 쓸 기회도 없었다. 언제나 현지가 먼저 통 크게 펑펑 썼으니까. 떡볶이를 먹으러 가서도, 아이스크림을 살 때도 현지가 먼저 냈고, 현지가 덥석 붕어빵 한 봉지를 사면 같이 나눠 먹고…… 매번 그런 식이었다.

왜 그렇게 돈을 모으느냐고 물었더니 정민이가 말했다.

"찔끔찔끔 쓰는 것보다는 크게 모아서 정말로 내가 좋아하고 또 가치 있는 일에 쓰려고."

"그래서 뭔데, 그게?"

"아직은 잘 모르겠어. 이것저것 하고 싶은 게 많아서……. 난 고등학교 졸업할 때까지 3000만 원을 모을 거야."

"헉!"

그렇게 사람 놀라게 했던 정민이었다.

"어쨌거나 그놈의 지름신 잘 가둬 놨어."

정민이가 현지를 칭찬해 주었다.

"이제 내가 뭐 사려고 하면 네가 옆에서 말려 줘야 해."

현지가 부탁했다. 구두쇠 정민이라면 도움이 될 것 같았다.

정민이 덕분인지 단단히 마음먹은 의지 덕분인지 현지는 그날 학교와 학원이 모두 끝날 때까지 쓸데없는 돈을 한 푼도 쓰지 않았다. 물론 용돈이 바닥나 버려 쓸 돈도 없었지만 말이다.

집으로 올라가기 전 현지는 무심코 우편함을 보았다. 편지가 들어 있었다. 그 편지를 보는 순간 현지는 가슴이 콩닥거렸다.

'그 아이구나!'

지난번처럼 보내는 사람의 이름은 없었고, 우표도 붙어 있지 않았다. 오로지 받는 사람의 이름만 적혀 있었다.

현지는 방으로 들어오자마자 편지를 뜯어 보았다.

교토삼굴狡兎三窟

이것이 첫 번째 열쇠야.

교토삼굴이란, 지혜로운 토끼는 굴을 세 개 파 놓는다는 뜻이야. 위기나 재난이 닥칠 것을 대비해서 미리미리 준비해 둬야 한다는 말이지.

사냥꾼이 토끼를 잡으려고 쫓았어. 토끼는 재빠르게 도망쳐 굴에 숨어 버렸지. 그런데 굴이 세 개나 되는 거야. 도대체 어느 굴에 숨은 거지? 사냥꾼은 결국 토끼를 잡지 못했지. 굴은 토끼가 미리 파 놓은 거였어. 지혜롭게 굴을 세 개나 파 놓은 덕분에 토끼는 목숨을 건질 수 있었던 거지.

사람도 마찬가지야. 항상 넉넉하고, 편안하고, 즐거운 일만 계속되지 않거든. 편안하고 좀 여유가 있을 때 어려움을 생각해 둬야 해. 그렇지 않으면 어려움이 닥쳐왔을 때 반드시 후회하고 말지. 그때 좀 준비해 둘걸, 하고 말이야. 그러므로 항상 나중을 생각하고 준비해 둬야 해. 특히 용돈 관리를 잘하는 것이 매우 중요하지.

자, 그럼 우리도 지혜로운 토끼처럼 세 개의 굴을 뚫어 볼까?

용돈의 쓰임새는 세 가지로 나눌 수 있어. 첫째는 꼭 필요한 데 쓰기 위한 용돈, 둘째는 만일을 대비해 모아 두는 비상금, 셋째는 미래를 위해 무조건 떼어 놓는 저금. 용돈을 받으면 3등분을 하는 거야. 현지는 중학생이니까 중학생에 맞는 소비를 해야겠지?

첫 번째는 말 그대로 꼭 필요한 데에만 용돈을 쓰는 거야. 그럼 뭐가 꼭 필요한 것이냐? 학교 준비물을 사거나 차비 같은 건 꼭 필요한 항목이지. 출출할 때 친구들과 군것질도 좀 해야겠고. 그 외에 많이 있을 거야. 현지가 생활하면서 이건 꼭 필요해, 하는 것들이 있을 거야. 그걸 한 번 정리해 봐.

두 번째 비상금은 급한 일이 생겼을 때 쓰는 돈이지. 예를 들어서 길을 걷다가 갑자기 비가 쏟아질 때 우산을 사거나, 차를 타고 가다

졸아서 엉뚱한 데서 내려 다시 차를 타고 와야 할 때. 돈이 없으면 곤란하겠지? 이런 경우도 있을 수 있어. 첫 번째 용돈을 계획한 대로 쓰지 못하고 다 써 버렸을 때, 그럴 땐 여기서 끌어다 써야겠지. 물론 그런 일이 일어나서는 안 되지만 말이야.

그럼 위 세 가지 가운데 가장 중요한 세 번째 저금이 남았네? 저금은 쓰고 남는 돈이 있으면 하는 게 아니야. 미리 저금해 놓고 남는 돈으로 쓰는 거지. 저금이 왜 중요한지 아니?

저금은 바로 우리의 미래야. 꿈이고 희망이지. 두둑한 저금통장 하나 갖고 있어 봐. 어떤 기분이 드는지.

교토삼굴. 위에 써 놓은 글을 항상 머릿속에 간직해 두렴.

만약 첫 번째 용돈에서 그리고 두 번째 비상금에서 돈이 남으면 몽땅 저금을 하는 거야.

그리고 용돈 일기장을 써야 해. 돈을 쓸 때마다 어디에다 얼마를 사용했는지 적어 놓고, 그 옆에 반드시 세 가지 가운데 어디에 해당하는 항목인지 표시해 둬야 해. 예를 들어 수첩을 2000원 주고 사면, 그것이 꼭 필요한 데에만 쓰는 용돈에서 쓴 건지, 아니면 급한 일 생겼을 때 쓰라고 따로 떼어 둔 비상금에서 쓴 건지를 표시해 두는 거야. 그렇게 한 달 동안 정리하다 보면 내게 꼭 필요한 게 무엇인지 알 수 있게 돼. 그래서 다음 달부터는 조금 더 계획적이고 알차게 사용할 수 있게 되는 거지.

처음이라 조금 귀찮고 낯설겠지만 꼭 실천해 주었으면 좋겠어. 그
래 주겠지?

영원한 네 편으로부터

　

세상에 러브레터를 이렇게 쓰는 사람은 없을 것이다. 러브레터라
면 달콤하고 부드럽고 뭐 그래야 되는 것 아닌가?

그리고 이제야 발견했는데, 영원한 네 '팬'이 아니라 네 '편'이었다.
편을 팬이라고 잘못 읽은 것이다. 지난번 그 편지까지 찾아와 비교해
봤지만 그 편지에도 팬이 아니라 편이라고 쓰여 있었다.

살짝 실망감이 감돌았다. 하지만 지금 자신이 딱 마주치고 있는 문
제점에 대해 이야기해 주는 게 신기하기도 했다.

편지가 가르쳐 주는 방법은 괜찮아 보였다. 현지는 속는 척하고 일
단 편지대로 해 보기로 다짐했다.

귀차니즘 극복하기

'아, 심심해 죽겠네……'

현지는 용돈 일기장을 억지로 쓰고 거실로 나와 바닥에 벌렁 누우며 생각했다. 도무지 신이 나지 않았다. 하루라도 책을 읽지 않으면 입안에 가시가 돋는다고 누가 그랬더라? 현지는 하루라도 돈을 쓰지 않으면 좀이 쑤셔서 견딜 수가 없었다.

편지가 알려 준 방법은 지키기가 매우 어려웠다. 얼마를 어디에 썼는지 일일이 적는 건 귀찮기 그지없는 일이었다.

처음에는 의욕이 넘쳤다. 한 달 용돈을 받은 지 일주일 만에 다 써 버려 편지의 방법을 당장 실천할 수가 없었던 현지는 아빠에게 편지를 들고 가 보여 줬다. 앞으로 용돈 관리를 여기에 쓰여 있는 대로 할 테니까 오늘부터 다시 용돈을 달라고.

물론 용돈을 더 타 낼 속셈이기도 했다. 아빠는 그 편지를 찬찬히 읽어 본 뒤 고개를 끄덕이고 선뜻 하루치 용돈을 내주었다. 누가 보낸 편지냐고 묻지도 않고. 하긴 물어봐도 현지도 알 수 없었다.

현지는 약속대로 용돈 일기장을 쓰기 시작했다. 매일 착실하게 적어 나갔다. 하지만 며칠 지나다 보니까 귀찮아졌다. 현지가 사고 싶은 물건은 대개 일주일은 모아야 살 수 있는 액수였다. 일주일 동안 한 푼도 쓰지 않고 모으기가 얼마나 힘이 드는지. 현지에게는 일주일씩 기다릴 여유가 없었다. 당장 써야 직성이 풀렸다. 그래서 매일 하루치의 용돈을 고만고만한 것 사는 데 썼다.

게다가 3분의 1을 저금으로 미리 떼어 놓으라고 하니, 하루에 쓸 용돈은 정말 얼마 되지 않았다. 비상금은 아예 처음부터 용돈과 합쳐서 썼다.

"용돈 일기장 잘 쓰고 있니?"

아빠는 용돈을 주면서 매일 물었다. 대답을 하지 않으면 용돈을 주지 않을 것 같았다.

"응, 아빠."

보자고 하면 어쩌지? 가슴이 조마조마하면서도 현지는 천연덕스럽게 대답하곤 했다.

"그래? 아빠는 우리 딸이 참 대견해."

아빠가 현지의 머리를 쓰다듬으며 껄껄껄 웃었다. 현지는 속으로 휴우, 안도의 한숨을 쉬고는 슬그머니 방으로 들어와 그제야 밀렸던 용돈 일기장을 썼다.

하루는 할머니가 쟁반을 들고 오면서 현지에게 호통을 치셨다.

"아이고, 현지야. 넌 또 누워 있냐? 일어나서 이것 좀 깎아라."

할머니가 현지의 엉덩이를 때렸다. 현지는 떼굴떼굴 굴러 저쪽으로 도망갔다.

"싫어요."

"얘가 지금 뭐라는 거야?"

"귀찮게 왜 저더러 깎으라고 하세요?"

"귀찮긴 뭐가 귀찮아! 맨날 누워만 있으면서."

할 수 없이 현지는 일어나 다가왔지만 과일은 깎지 않았다. 깎을 줄 몰랐다.

"어떻게 하는지 몰라요."

"됐다, 그만둬라. 그러다 손 다쳐."

현지가 어설프게 과도를 들고 설치는 모습이 위험해 보여서 할머니는 과도와 과일을 빼앗았다.

"누굴 닮아 그렇게 게으른지 몰라."

할머니가 과일을 깎아 접시에 담아 아빠 앞으로 내밀었다. 아빠보다 현지의 손이 더 빨랐다. 현중이도 달려들었다.

"이 녀석들아, 아빠 먼저 드시라고 해야지."

할머니가 소리쳤다.

"할머니 먼저 드려야지."

아빠도 거들었다.

"할머니, 과일 드세요."

"아빠, 과일 드세요."

현지랑 현중이가 과일을 우적우적 먹으면서 동시에 그 말을 하자 아빠와 할머니가 어이없어했다.

"현지, 할머니 집안일 하시는 데 도와드리고 있겠지?"

아빠가 물었다.

아이 둘 건사하고, 집안일을 도맡아 하기에 일흔이 넘은 할머니의 나이는 적지 않았다. 게다가 건강도 그다지 좋지 못했다. 아빠는 늘 그게 신경이 쓰였다. 될 수 있으면 회사가 끝나고 바로 들어와 거들고는 있지만 회사 일이라는 게 매번 제 시각에 끝나지 않았다. 할머니는 괜찮으니까 마음 쓰지 말라고 말하지만 아빠는 마음이 편치 않았다.

"도와주긴 뭘 도와줘? 현중이가 할미 심부름을 잘 해 주지."

할머니가 현중이의 어깨를 툭툭 두드리고 뺨을 쓰다듬자 현중이는 혀를 내밀고 헤헤거렸다. 누가 엄마의 애완견 아니랄까 봐. 이제 엄마가 없으니 할머니의 애완견이라고 해야겠다.

현중이는 엄마 말이라면 뭐든지 다 잘 듣는다. 그래서 현지는 현중이를 엄마의 애완견이라고 비아냥거리기를 곧잘 하는데, 그도 그럴 것이 엄마는 툭하면 "우리 강아지, 우리 강아지" 하며 현중이에게 뽀뽀를 하기 일쑤다. 그러면 현중이는 강아지처럼 헤헤거리며 좋아라 하니 엄마의 애완견이지 뭔가.

주인님을 잃고 침울해하던 현중이에게 새로운 주인님이 나타나셨으니 그게 바로 할머니이다. 가위 가져와라, 바늘귀에 실 좀 꿰어라, 서랍에 갖다 넣어라, 쓰메끼리 좀 가져와라(할머니는 손톱깎이를 늘 '쓰메끼리'라고 부른다), 휴지 좀 가져와라, 이거(코 닦은 휴진데!) 쓰레기통에 버려라, 물 한 잔 떠 다오…… . 할머니가 쉴 새 없이 심부름을 시켜도 현중이는 고분고분 말을 잘 들었다. 뚱뚱한 녀석이 꼭 그럴 땐 몸도 날랬다.

"에이, 현지 실망인걸."

아빠가 고개를 설레설레 저었다.

"아빠랑 약속했잖아. 할머니 도와 드리기로."

"나야 할머니 도와 드리고야 싶지. 하지만 나도 할 일이 얼마나 많은데."

"그렇게 할 일 많은 애가 집에만 왔다 하면 하루 종일 누워서 빈둥거리냐? 할머닌 안 도와줘도 된다. 그 시간에 공부나 하련."

"에이, 할머닌 뭐 알지도 못하면서! 열심히 공부하고 나서 쉬는 거란 말예요."

현지가 입술을 삐쭉이자 할머니가 알밤을 콩 먹였다.

"둘러대기나 못하면. 네 얼굴에 반해서 쫓아온 남자애들도 네가 이렇게 게으르고 지저분한 아이인지 알면 놀라서 도망갈 거다. 쯧쯧."

그 말에 현중이가 큰 소리로 웃어 젖혔고, 아빠까지 너털웃음을 터뜨렸다.

"정말 너무하세요."

현지가 울상을 지었다.

"그럼 이 쟁반 좀 갖다 씻어 놔라."

할머니가 내민 쟁반에는 사과 껍질, 빈 접시, 과도, 포크가 한데 뒤엉켜 있었다.

"깨끗이 설거지해 봐. 사과 껍질은 음식물 쓰레기 모으는 데다 따로 버리고. 어디 잘하나 못하나?"

세 식구가 한꺼번에 현지를 쳐다보며 재촉했다. 현지는 마지못해 쟁반을 들고 주방으로 갔다. 그러나 쟁반째 개수대에 밀어 넣고 방으로 쏙 들어왔다.

방에 들어와서는 자기도 모르게 침대에 누웠다가 벌떡 일어나 앉았다. '게으른 아이'라는 말이 자꾸 생각났다.

"게을러 빠져서."

툭하면 엄마가 하던 그 말이 얼마나 듣기 싫었던가. 엄마가 집에 없는 지금, 그 말을 또 듣게 될 줄은 꿈에도 몰랐다.

현지는 책상으로 가 참고서를 폈다. 내일 쪽지 시험이 있다고 했으니 공부나 해야겠다고 생각했다.

'9시까지 공부해야지.'

시계를 보고 스스로에게 다짐했다.

'100점 맞아서 모두를 깜짝 놀라게 해 주겠어!'

눈을 부릅뜨고 이를 악물었다.

하지만 곧 눈까풀이 무거워지면서 졸음이 찾아왔다. 좀 전까지는 쌩쌩했는데 어쩐 일인지 책을 잡는 순간 걷잡을 수 없이 졸렸다. 현지는 고개를 좌우로 흔들고 다시 참고서를 노려보았다.

잠시 후 고개가 앞으로 확 쏠리는 바람에 번쩍 눈이 떠진 현지는 그새 또 졸았음을 깨달았다.

'에라, 모르겠다.'

현지는 참고서를 던져 놓고 노트북을 켰다. 인터넷에 접속하자마자 눈이 말똥말똥해지더니 잠이 싹 달아나 버렸다.

달님이 또 파일을 보내 주었다. 출력해 보니 이번에는 주황빛 노을이 아름다운 편지지였다. 이번에는 편지지에 무엇을 써야 할지 확실했다.

쪽지 시험 결과는 꽝이었다. 뭐 기대도 하지 않았다.

방과 후에 정민이랑 문방구에 들렀다. 현지가 주황색 상자를 집어 들자 정민이가 키득대며 말했다.

"이번엔 주황 상자의 비밀이니?"

정민이는 현지가 쓸데없는 물건을 사지 못하도록 계속해서 잔소리를 해댔다.

"아휴. 지친다, 지쳐!"

현지는 문방구를 나오면서 투덜거렸다. 쪽지 시험을 망쳤으니 뭐라도 사면서 스트레스를 풀어야 하는데, 그렇게 하지 못하니까 무척 답답했다.

"다음엔 이렇게 해 봐, 현지야."

정민이 자신이 쓰는 방법이라고 알려 주었다.

"딱 쓸 만큼만 갖고 다니는 거야. 지갑에 용돈을 다 넣어 다니지 말고. 오늘처럼 상자를 살 계획이었다면 상자 값만 지갑에 넣는 거지. 그럼 다른 건 사고 싶어도 돈이 없어서 못 사잖아."

"난 그렇게 쪼잔하게 살고 싶지 않거든?"

현지는 새침하게 말했다. 망쳐 버린 쪽지 시험 얘기는 하고 싶지 않았다.

"어, 애들아?"

길에서 담임 선생님이랑 마주쳤다.

"안녕하세요."

"좀 아까 헤어져 놓고 뭘 또 인사하냐?"

담임 선생님이 재밌다는 표정을 지으며 웃었다.

"넌 처음 보는 애로구나. 현지 친구니?"

"네, 선생님."

"아하, 네가 현지 단짝인 정민이구나? 그래, 앞으로도 우리 현지 잘 부탁한다."

이게 무슨 소리인가. 우리 현지라니?

선생님이 정민이의 어깨를 톡톡 다독거렸다.

"네? 아…… 네."

선생님은 현지에게 한쪽 눈을 찡긋해 보이고는 가 버렸다.

"니네 담탱이 너 되게 생각한다. 우리 현지 잘 부탁한대. 킥킥."

"뭘 잘못 드셨나? 하여튼 이놈의 인기는!"

현지는 싫은 척했지만 내심 기분이 좋았다.

집으로 돌아오니 책상 위에 편지 봉투가 하나 놓여 있었다. 이번엔 주황색이었다.

"할머니, 이거 어디서 가져오셨어요?"

현지가 편지를 들고 나가 흔들며 물었다.

"그거 느이…… 아니다."

할머니가 황급하게 입을 다물었다.

"저기, 우편함에 있길래 가져왔다."

할머니는 대충 얼버무리고는 급히 베란다로 나갔다.

현지는 얼른 편지를 뜯어 보았다.

두둥! 두 번째 열쇠를 기다렸지?

두 번째 열쇠는 청개구리 전법이야.

다음 항목 중에서 현지에게 해당하는 것을 모두 체크해 봐.

1. 하루 종일 빈둥거려도 지루하지 않다.

2. 텔레비전을 볼 땐 당연히 눕는다.

3. 틈만 나면 눕는다.

4. 혼자 있을 때 밥 차려 먹기가 귀찮아 굶은 적이 있다.

5. 움직이기 귀찮아 전화를 받지 않은 적이 있다.

6. 학교에 가지 않는 날은 세수도 양치질도 하지 않는다.

7. 발가락으로 리모컨을 잘 누른다.

8. 세상에서 심부름하기가 제일 싫다.

9. 하루 종일 아무것도 안 하고 잠만 잔 적이 있다.

10. 벗어 놓은 옷이 방 여기저기 흩어져 있다.

11. 시체놀이를 좋아한다.

12. 할 일을 미루다가 결국 못 하는 경우가 많다.

13. 콧물이 흐르는데 휴지 가지러 가기 귀찮아 후루룩 마시거나 소매로 닦아 본 적이 있다.

14. 양치질은 귀찮아서 매번 하지 않는다.

15. 시험 공부는 늘 벼락치기라고 생각한다.

16. 방학 때 머리를 일주일 이상 감지 않은 적이 있다.

17. "귀찮아"라는 말을 자주 한다.

18. 스스로 게으르다고 생각해 본 적이 있다.

19. "넌 왜 이리 게으르냐"는 말을 자주 듣는다.

20. 숨 쉬는 것도 귀찮다고 생각한 적이 있다.

"이거 전부 내 얘기잖아?"

현지는 바짝 호기심이 당겨 빠르게 연필로 체크해 나갔다.

몇 개 나왔어?

다음에서 어떤 유형에 속하는지 알아 봐.

17개 이상: 게으름의 초절정 고수. 신의 경지에 가까움. 모든 귀차니스트들의 모범. 존경합니다.

11~16개: 굼벵이. 주위의 따가운 시선과 듣기 싫은 잔소리도 이겨 내고 굼벵이에 도달한 당신은 의지의 한국인. 계속 자신의 신념을 지켜나가길 바람. 참 잘했어요.

5~10개: 귀차니스트의 소질이 보임. 조금만 더 노력하면 훌륭한 귀차니스트가 될 수 있음. 여기서 포기하긴 이르잖아? 분발하세요.

4개 이하: 바른생활 소녀. 무슨 재미로 사니? 귀차니국 국민으로서 갖춰야 할 소양이 불충분하므로 강제 추방령에 처함.

몇 개인지 모름: 체크하기 귀찮아서 아예 읽어 보지도 않은 당신은 게으름의 신! 게으름에 있어서 절대 지존인 나무늘보가 그 앞에서 울고 감.

"난 굼벵이네. 히히히"

현지는 배를 잡고 웃어 댔다. 너무 웃어 배가 다 아플 지경이었다.

어디에 해당하는지 확인했지?

그럼 앞머리 두 번째 문장을 다시 읽어 봐. 뭐라고 썼지?

그래 맞아, 청개구리 전법이야. 뭐든 반대로만 하고 싶은 심술 맞은 마음. 게으름을 부리고 싶을 때는 청개구리 심보가 최고지.

"좀 있다 해야지." 그런 마음이 들 때! 청개구리처럼 말하는 거야.

"지금 당장 해야지."

간단하지?

"수학 문제 풀기 싫어." "수학 문제 풀어야지."

"5분만 더 자고 일어날래." "지금 당장 일어날 거야."

"누워야겠다." "서 있을 거거든."

일부러 반대로 해 봐. 꽤 재미있어.

영원한 네 편으로부터

엄마 중독에서
벗어나기

"할머니, 저 이제 뭐 해요?"

현중이가 물었다.

"우리 현중이가 할미 도와준다고 수고 많이 했네. 이제 가서 네 할 일이나 하련."

할머니가 현중이의 엉덩이를 툭툭 두드리자 현중이가 헤벌쭉 웃으며 다시 물었다.

"네, 그럼 이제 뭐할까요?"

"네 할 일 하라니까."

"할 일 뭐요? 뭐하면 되는지 할머니가 알려 주셔야죠."

"이 녀석아, 네 일은 네가 알아서 해야지. 내가 어떻게 알아? 가서

118

숙제나 해."

"숙제는 아까 다 했는데요."

"그럼 내일 학교 갈 준비나 해 놔."

"네."

제 방으로 들어가는 현중이의 뒷모습을 보고 할머니가 혀를 끌끌
찼다.

잠시 후 현중이가 다시 나와 말했다.

"할머니, 가방 다 싸놨어요. 이제 저 뭐 해요?"

"또 물어보냐? 네가 찾아서 하라니까."

현중이는 멀뚱멀뚱 할머니를 쳐다보았다.

"엄마한테 전화해도 돼요?"

"하려무나."

현중이가 전화통을 붙들었다.

"엄마, 나 이제 뭐 해?"

할머니는 바느질하던 손을 멈추고 돋보기 너머로 현중이를 물끄러
미 응시했다. 그러곤 고개를 절레절레 흔들었다.

"응, 응, 응."

연신 대답하던 현중이가 전화기를 내려놓고 현지 방으로 왔다.

"누나!"

"왜?"

"엄마가 전화 바꾸라는데?"

"……."

"빨리 받아!"

"없다 그래."

"있다고 그랬는데."

"방금 나갔다 그래!"

현중이가 전화기로 가는 뒤를 현지도 졸졸 쫓아가 보았다.

"누나가 방금 나갔다 그러래."

전화를 끊자마자 현지는 현중이의 엉덩이를 냅다 걷어찼다.

"야, 그렇게 말하면 내가 시킨 거 뻔히 다 알잖아!"

"왜 그래? 누나가 시키는 대로 했잖아."

"엄마가 뭐래?"

"몰라."

"방금 통화했잖아?"

"까먹었어."

"으유, 멍청이. 됐다, 됐어!"

현지는 다시 한 번 동생의 엉덩이를 차 주었다.

아빠와 현중이가 엄마랑 통화를 할 때마다 현지는 그 모습을 멀리서 흘끔거렸다. 어쩌다가 아빠가 전화를 바꿔 줄까 물으면 현지는 냉정하게 거절했다.

전화를 받지 않는 이유는 엄마에게 화가 나 있기도 하지만, 한편으로는 엄마를 괴롭히고 싶은 마음도 있었다. 내가 전화를 거절하면 엄마 속이 상하겠지? 그런 삐뚤어진 생각이 현지의 가슴속 한가운데를 차지하고 있는 것이다.

처음 몇 번 전화를 받지 않았을 때는 꽤 고소하기도 했다. 그런데 이상하게 날이 갈수록 그런 마음은 조금씩 사라지고 오히려 저쪽 사정이 궁금해졌다. 현중이는 수시로 엄마와 통화를 한다. 어떤 날은 현지더러 전화를 받으라는 날도 있지만, 어떤 날은 그냥 끊었다.

그럴 때 현지는 괜히 분한 마음이 들었다. 엄마가 딸 생각도 안 하는 것 같아 괜히 더 미웠다.

현중이가 엄마에게 전화를 걸어서 하는 말은 매번 똑같았다.

"엄마, 나 뭐 해?"

어쩐지 자신만 따돌려진 것 같아서 속으로 뾰루퉁해 있던 현지는 동생에게 쓴소리를 늘어놓았다.

"넌 네 할 일도 스스로 못해서 맨날 엄마한테 물어보니?"

그러나 현지도 뭘 하면 좋을지 몰라 매번 허둥거리기는 마찬가지였다. 엄마가 있을 때는 엄마가 시키는 대로 하면 됐다. 학원에 가라면 학원에 가고, 숙제를 하라고 하면 숙제를 하고, 영어 듣기를 하라고 하면 영어 테이프를 듣고, 수학 공부하라 하면 수학 문제집 풀고, 하다못해 머리도 감으라고 시켜야 감았다.

그때는 그 잔소리가 지긋지긋하고 정말 듣기 싫었다.

하지만 그게 마냥 좋은 것만은 아니었다. 마치 엄마의 주머니에서 쫓겨난 아기 캥거루 같은 마음이랄까.

힘들다고 학원 수도 대폭 줄여 지금은 딱 영어 학원 하나만 다니고 있다. 그만큼 시간에 여유가 생겼고, 애들이랑 돌아다니며 군것질하고 쇼핑하는 재미로 시간을 보냈다. 그것도 오래가지는 못했다. 애들은 학원에 가야 했고, 현지도 용돈을 이전처럼 펑펑 써 대지는 못하니까.

잔소리가 사라지자 의지도 사라진 것처럼 느껴졌다. 엄마가 잔소리만 하지 않으면 스스로 알아서 척척, 그것도 훨씬 잘할 수 있을 것 같았지만, 그것은 착각이었다. 할 수 있는 일이 아무것도 없었다. 아무것도 하지 않고 빈둥거리기도 잠깐이지, 언제까지나 이러고 있을 수만은 없었다.

시험도 곧 다가오고 있어서 마음은 불안하기만 했다.

"아빠, 나 과외할까? 아님 학원에 다시 다닐까?"

아빠는 의외라는 표정을 지었다.

"왜? 현지 너 학원 다니기 싫다며? 과외도 싫고."

"그땐 그랬지. 엄마가 강제로 다니라고 시키니까. 하지만 지금은 뭘 어떻게 해야 할지 모르겠어. 뭘 하라고 알려 주는 사람도 없고."

"엄마의 잔소리가 그립다는 말처럼 들리는데?"

"아냐! 그건 절대로 아냐. 학원에 가면 공부를 시켜 주잖아. 선생님이 시험 문제도 뽑아 주고. 그것만 달달 외워도 기본 점수는 나와. 시험도 얼마 안 남았는데."

"아빠는 현지가 그런 식으로 공부하는 거 찬성할 수 없어. 오로지 시험 성적만을 위해서 무슨 암기하는 기계도 아니고 무조건 달달 외우면 공부하는 재미가 없잖니? 몰랐던 사실을 새로 알았을 때의 기쁨, 안 풀리던 문제 마침내 풀었을 때 밀려오는 쾌감이 얼마나 짜릿한데. 그럼 새로 자신감이 생기고, 도전심도 생겨. 현지 너 어렸을 때 기억나? 궁금한 게 많아서 보는 것마다 말할 때마다 '왜?' 하고 물어봐서 엄마 아빠를 곤란하게 했잖아. '왜?'라는 질문이 바로 공부의 시작이야. 끊임없이 알고 싶은 마음, 그런 마음으로 공부를 하길 바란다. 아빠는 말이야, 현지가 진짜 공부를 하면 좋겠어. 남이 억지로 시켜서 하는 공부는 진짜 공부가 아니야. 그건 고역이지. 현지도 잘 알잖아?"

그건 그랬다.

"하지만 이번 시험도 망치면…… 아빠 화낼 거잖아."

아빠는 고개를 도리도리 저었다.

"공부는 엄마 아빠를 위해서 하는 게 아니야, 현지야. 공부는 다른 누구도 아닌 바로 나 자신을 위해서 하는 거라고."

'공부는 나 자신을 위해서 하는 거다.'

"너의 영혼을 키우고, 너의 정신을 키우고, 너의 미래를 키우는 거야. 그러니까 점수 같은 거 상관하지 마. 점수에 매달리면 그보다 훨씬 더 중요한 걸 잊어버리게 돼."

"그게 뭔데?"

"도둑이 다이아몬드는 훔쳐 갈 수 있어도 지식은 훔쳐 가지 못한다는 말 들어 봤지? 지식이란 세상을 살아가는 데 매우 유용한 도구야. 아빠가 예전에 어렸을 때 재미있게 보던 「맥가이버」라는 미국 드라마가 있는데, 거기 보면 주인공 맥가이버가 무슨 임무를 수행하다 항상 곤경에 처하게 돼. 그럼 맥가이버는 자신의 지식을 총동원하고 주변의 사소한 사물을 이용해서 곤경에서 빠져나오지. 지식이란 그런 거야. 만약 맥가이버가 현지처럼 시험 문제만 달달달 외워서 좋은 점수를 받고 하버드 대학을 나왔다고 쳐. 그렇다고 그 빛나는 졸업장이 곤경에 처한 맥가이버를 구해 주는 건 아냐. 아빠 말 무슨 뜻인지 알지? 공부는 100점을 받기 위해서 하는 게 아니라 이 세상을 살아가는 데 유용한 도구를 축적하기 위해서 하는 거야. 그러니까 조금 늦어지게 되더라도 하나씩 스스로 깨우쳐 가며 공부하면 좋겠어. 그러면 세상 두려울 것이 없거든."

현지는 방으로 돌아와 책상 앞에 앉았다. 생각보다 엄마의 빈자리는 컸다. 이렇게 해라 저렇게 해라 말할 때는 잔소리로만 여겨졌던 것들이 바로 자신이 해야 할 일임을 알았다. 그러나 이제 알았다고 해도 혼자서는 도저히 할 엄두가 나지 않았다.

현지는 달님에게 도움을 청했다.

나는 의지박약인 모양이에요. 겁이 나요. 무엇을 어떻게 해야 하는지 막막해요. 시험도 곧 다가오는데 어떻게 공부해야 할지 모르겠어요. 길을 잃은 것 같아요. 내가 왜 이럴까요?

달님의 답장은 금방 왔다. 노랑 병아리가 예쁘게 그려진 편지지도 함께.

연예인 매니저처럼 자녀를 관리하는 엄마들이 많은 요즘. 대부분의 아이들은 오렌지님과 비슷한 문제점을 안고 있습니다. 대개 이런 학생의 24시간은 엄마의 빡빡한 스케줄로 채워져 있지요. 학교, 학원, 학원, 학원, 과외, 학원, 집 공부 뿐만 아니라 생활의 모든 것도 엄마의 손에 의해서 이뤄집니다. 학생은 로봇처럼 엄마의 명령에 따라 움직이기만 하면 됩니다. 엄마의 명령이 없으면 자기 스스로 움직이지 못합니다. 학생의 입장에서는 지긋지긋해하던 잔소리에 어느새 길들여진 거예요.

엄마에게 길들여지고 사교육에 중독된 학생들에게 대학 학업, 더 나아가 자기 인생을 능동적으로 개척할 힘을 기대할 수는 없을 겁니다. 엄마와 학원이 가르쳐 주지 않으면 꼼짝도 할 수 없는 게 그런 학생들의 속성이잖아요? 나이 들어서도 늙은 엄마에게 의존해서 사는 인생은 그다지 바람직하지 않지요.

그렇게 되지 않기 위해서는 지금부터 하나씩 연습해 나가야 합니다. 독립의 수순을 밟는다고나 할까요?

먼저 공부의 문제.

스스로 공부를 해야 합니다. 말을 강가로 끌고 갈 수는 있지만 억지로 마시게 할 수는 없습니다. 말이 스스로 물을 마셔야 마시는 겁니다. 그것과 똑같습니다. 누가 시켜서 하는 게 아니라 스스로 알아서 찾아서 해야 공부가 자기 것이 됩니다.

공부란 것에는 특별한 방법이 없습니다.

예습, 수업, 복습.

이게 다입니다. 정말 간단하죠?

이 공부의 기초 3종 세트는 누구나 알고 아무나 할 수 있습니다. 그런데 왜 누구는 1등이고 누구는 꼴찌일까요?

정답은 '알고 있는 것'과 '실천하는 것'의 차이에 있습니다. 공부 못하는 학생들은 잘 알고 있을 뿐 실천하지는 않지요. 하지만 우등생들은 이 3종 세트를 충실히 실천합니다. 평소에도, 시험 때도 꾸준하게 말입니다. 공부와 별로 친하지 않은 학생들은 시험 때만 반짝 덤벼들었다 낭패를 봅니다. 그도 그럴 것이 잘 모르면서 덤벼드니까 좋지 않은 결과가 나오는 거지요.

오렌지님도 공부 잘하고 싶나요? 그렇다면 이런 방법을 써 보세요.

수업은 반드시 집중해서 들으세요. 학원에서 또 들으면 되지 하고 딴생각하거나 졸지 마세요. 시간 낭비예요. 뭐니 뭐니 해도 교과서와 선생님 말씀이 가장 중요합니다. 필기도 꼼꼼하게 잘해 두세요. 정답은 몽땅 거기 들어 있습니다.

또한 예습과 복습은 반드시 해야 합니다. 특히 복습은 예습보다 더 중요한데, 8 대 2의 비율로 하는 것이 가장 효율적이에요. 하지만 대부분의 학생들은 이것을 학원에 맡겨 버립니다. 부모님의 성화에 못 이겨 학원 뺑뺑이를 도는 학생들. 그건 시간 낭비일 뿐이에요.

공부에서 가장 필요한 핵심은 스스로 사고하고, 선생님이나 책에서 배운 내용을 자기 것으로 소화하는 데 있습니다. 이를 흔히 자기주도적 학습이라고 합니다. 보통 성적이 뛰어난 학생들은 이 소화 과정을 즐기고 재밌어하지요.

자기주도적 학습에서 효과적으로 활용할 수 있는 것이 바로 인터넷 강의입니다. 인터넷 강의는 자신이 선택한 장소에서 원하는 시간대에 들을 수 있으니까 학원처럼 꼭 그 시간 그 장소에 가지 않아도 되지요. 왔다 갔다 하는 시간도 벌 수 있고요.

인터넷 강의는 강사, 프로그램, 학습량 등을 자신이 직접 선택하고, 공부를 한 다음에는 얼마만큼 공부가 됐나 알아보는 것도 스스로 해야 하므로 자기주도적 학습이 가능합니다.

그런데 학원에 가면 이 모든 걸 강사들이 알아서 해 주지요. 학생은 그저 책상 앞에 얌전히 앉아 듣기만 하면 돼요. 강의가 끝나면 학생들은 '아, 오늘도 밤늦게까지 열심히 공부했다' 착각을 하고 안심합니다. 그건 마음의 위안에 불과해요. 적지 않은 시간과 돈을 투자해 가면서 학원에 다니지만 실제로 자신이 문제를 풀고 그 과제에 대해 골똘히 생각한 건 몇 분이나 될까요?

오렌지님, 학원에 다니지 않으면 성적이 떨어질 것 같은 불안감에 절대 속지 마세요. 학생들은 절대적으로 스스로 공부할 수 있는 능력이 있습니다. 그러므로 조바심도 낼 필요가 없어요. 오렌지님은 할 수 있습니다.

인터넷 강의를 처음 접할 때는 노력이 필요합니다. 첫째, 자신이 좋아하는 과목부터 시작한다. 둘째, 주기적으로 강의를 듣는다. 셋째, 1회 강의 시간은 비교적 짧게 듣는다. 예를 들어 60분짜리라면 처음엔 30분씩 두 번에 걸쳐 나눠 듣는다. 넷째, 강의를 소화하기 위해서 꼭 복습을 한다. 이런 식으로 인터넷 강의에 친숙해지고 서서히 시간과 과목을 늘려 나가는 겁니다. 잘 찾아보면 무료로 강의해 주는 곳이 있으니까 이를 적극 활용해 보기 바랍니다.

아침 점심 저녁 세 끼를 챙겨 먹듯이 예습—수업—복습을 꾸준히 하면 오렌지님도 우등생이 될 수 있습니다.

그리고 생활의 문제.

오렌지님은 무엇을 해야 할지 이미 다 알고 있습니다. 다만 스스로 하는 습관이 들어 있지 않아서 안 하고 있을 뿐입니다. 몰라서 안 한 게 아니라 엄마가 시키지 않아서 안 한 겁니다. 내가 꼭 해야 할 일을 엄마가 시키지 않는다고 해서 하지 않는다? 시키면 하고?

중학생의 생활은 매일 반복되기 때문에 특별히 새로울 건 없습니다. 아침에 일어나서 밥 먹고, 화장실 가고, 씻고, 학교에 가고, 다시 집에 와서 씻고, 밥 먹고,

공부하고, 텔레비전 보다가 자고.

매일 하고 있으니까 아주 쉬운 일이죠. 그런데 오렌지님은 그 쉬운 일을 어려워하고 있어요. 왜 그럴까요?

엄마가 시켜서 그 일들을 해 왔기 때문이에요. 생각해 보세요. 아침에 일어나는 일부터 시작해서 저녁에 씻고 잠자리에 들 때까지, 엄마의 잔소리가 끼어들지 않은 때가 있었나요?

그런데 좀 억울하지 않나요? 어차피 오렌지님이 해야 할 일인데, 오렌지님이 하려고 했는데, 슬쩍 그 앞에 엄마의 잔소리가 끼어들어 결과적으로 엄마가 시켜서 한 일이 돼 버리잖아요.

그럼 끼어드는 엄마의 잔소리를 어떻게 하면 없앨 수 있을까요?

정답은 선수치기예요. 엄마가 잔소리하기 전에 내 할 일을 먼저 해 버리는 거예요. 엄마의 잔소리가 끼어들 틈을 주지 않는 거지요. 먼저 해 버려요. 어차피 해야 할 일이었잖아요.

커다란 생활 계획표를 짜서 방 한가운데에 붙여 놓으세요. 중간에 해야 할 일이 잘 생각나지 않을 때 커닝하게요. 시작이 반이랍니다. 그러니 일단 시작만 해도 절반은 성공한 것이겠지요?

현지는 단숨에 답장을 읽었다. 달님의 조언을 듣고 보니 그렇게 어려운 일도 아니라는 생각이 들었다.

"나, 오현지는 할 수 있다!"

주먹을 불끈 쥐고 소리치니 힘이 솟는 것 같았다. 현지는 그날 밤 정성스레 생활 계획표를 짰다.

그로부터 며칠 뒤 현지는 또 한 통의 편지를 받았다. 자칭 영원한 현지의 편으로부터.

내 영혼이 나에게 충고했네

지나친 칭찬에 우쭐해하지도 말고

비난받았다고 괴로워하지도 말라고.

예전에는 나 자신이 하는 일의 가치를 의심했지만

이제 이것을 배웠다네.

나무는 칭찬이나 두려움, 부끄러움이 없이도

봄이면 꽃 피고

여름에 열매 맺고

가을에는 잎을 떨구고

겨울에는 홀로 앙상해진다는 것을.

자연은 나에게 '가난해지지 말라'고 말하지 않았다. 또 '부자가 되라'고 말하지도 않았다. 자연은 나에게 '독립적으로 살라'고 간청할 뿐이다.

책을 읽다가 마음에 드는 구절이 눈에 띄어서 적어 보내. 이 시는 칼릴 지브란의 시집 『고요하여라 나의 마음이여』에서 발견한 거야. 어쩌면 나 자신에게 필요한 영혼의 충고인지도 모르지만, 마찬가지 이유로 지금의 너에게도 필요하다고 생각해.

그리고 아래 문장은 프랑스의 극작가인 샹포르가 한 말인데 역시 지금의 상황에 딱 맞는 말인 것 같아.

이것이 너에게 보내는 세 번째 열쇠야.

영원한 네 편으로부터

현지는 시를 나지막하게 낭독해 보았다. 격언도 읊조려 보았다. 그리고 시와 격언을 따로 종이에 적어 계획표 옆에 나란히 붙여 놓고 오래도록 응시하였다.

욱하는 마음
다스리기

도대체 누가 시험이라는 걸 만들어서 사람을 이토록 괴롭히는 것일까? 시험을 발명한 바로 그 사람에게 평생 시험만 보게 하는 형벌을 주고 싶은 마음 간절했다. 얼마나 고통스러운지 절실히 느끼도록.

현지는 화가 났다. 스스로에게 실망도 했다. 중학교에 들어와서는 단 한 번도 만족할 만한 성적을 받은 적이 없었다. 학교가 지긋지긋했다. 수업 시간도 끔찍했다. 시험은 그야말로 지옥 그 자체였다. 왜 어른들은 아이들을 시험으로 괴롭히는가! 어른들도 학교에 갇혀 시험을 치르는 괴로움을 맛봐야 한다.

시험을 망친 건 순전히 엄마 때문이었다. 이 모든 게 엄마 때문에 일어난 비극이고 불행이다. 그렇지 않고서야 이럴 수는 없다. 현지는 형편없는 점수가 적힌 시험지를 아무렇게나 구겨 책가방에 쑤셔 넣었다.

'누구 하나 걸렸단 봐라.'

현지는 괜히 심통을 돋우며 눈에 불을 켜고 주위를 둘러보았다.

그러나 현지뿐이 아니었다. 성적에 영혼을 빼앗긴 아이들은 좀비처럼 넋이 나간 표정으로 앉아 있거나 제멋대로 돌아다녔다. 시험이 끝난 학교 전체에는 비통의 먹구름이 드리워져 있었다. 시험이 끝났다는 해방감은 어디에도 없었다. 아예 성적 따위엔 관심도 없는 몇 명의 아이들을 제외하고는.

현지는 학교가 끝나자 곧바로 집으로 돌아갔다. 아무것도 하고 싶지 않았다. 침대에 널브러져서 모든 걸 잊고 잠이나 자고 싶었다.

그런데 현지 방에 현중이가 있었다. 동생을 보는 순간 현지의 눈에서는 불꽃이 튀었다.

"야! 너 내 방에서 뭐하는 거야?"

현지는 가방을 집어던지고 악을 바락바락 썼다. 현중이는 놀라서 벌떡 일어나더니 잔뜩 겁먹은 표정을 지었다.

"누가 내 물건에 손대랬어? 이걸 확 그냥!"

"미, 미안해, 누나."

순간 마구 솟구치던 분노가 슬쩍 주춤거렸다.

"왜 맘대로 내 노트북을 열어 보고 난리야!"

현지는 현중이를 거칠게 밀어내고 노트북을 살펴보았다. 뭔가 잘못되어 있다면 트집을 잡아서 마저 화풀이를 할 심산이었다. 잔뜩 벼르는 눈으로 노트북을 샅샅이 살펴보고 있는데 현중이가 말했다.

"봐도 되는 줄 알았어. 엄마도 보길래……."

"엄마가 뭐?"

"엄마도 누나 노트북 봤단 말이야. 내가 봤어."

"언제?"

현중이 우물쭈물거렸다.

"엄마가 왔었어?"

"응? 아니 그게 아니라……."

"엄마가 내 노트북 뭘 뒤져 봤는데?"

"몰라. 내가 어떻게 알아?"

현지는 짐작 가는 데가 있어서 한글 파일을 열어 보았다. 곁에서 현중이가 멀뚱멀뚱 지켜보고 있었다.

"안 나가고 뭐해? 빨리 꺼져!"

현중이를 쫓아내고 현지는 문을 걸어 잠갔다. 다이어리 파일을 클릭하고 암호를 넣었다. 쫙 열리는 일기. 현지는 처음부터 끝까지 구석구석 살펴보고, 다른 파일들도 일일이 열어 보았다.

"암호 걸어 놓길 잘했지."

그러나 어쩐지 불안한 마음이 들었다. 혹시 암호를 알아내서 읽어 본 건 아닐까?

현지는 엄마에게 또 한 번 실망, 대실망을 했다. 몰래 남의 일기나 훔쳐보려 하다니. 암호를 풀려고 얼마나 끙끙거렸을까? 현지는 남의 물건을 뒤지거나 일기를 훔쳐보는 사람은 딱 질색이었다. 하긴 뭐 엄마는 자기 맘대로 집을 나가는 사람이니까. 가족도 전부 내팽개치고 말이다.

생각할수록 화가 치밀었다. 왜 그러고 사는지 이해가 되지 않았다. 이제는 불쌍하기보다는 한심하다는 생각이 들었다. 현지는 또 한 번 다짐했다.

'난 절대 엄마처럼 살지 않을 거야.'

> 난 절대 엄마처럼 살지 않을 거야. 난 절대 엄마처럼 살지 않을 거야. 난 절대 엄마처럼 살지 않을 거야…….

미친 듯이 타자를 쳤다. 하얀 모니터가 단 한 문장으로 가득 채워졌다. 마치 작고 새카만 벌레들이 우글거리고 있는 것 같았다.

달님으로부터 초록색 편지지가 와 있었다. 짙은 녹음이 우거진 산이 멋들어지게 그려져 있었다. 때마침 잘됐다. 현지는 가슴속에서 부글거리는 화를 꺼내어 편지지에 담았다.

그리고 문방구로 달려가 초록색 상자를 사 온 다음 편지를 담고 뚜껑을 꼭 닫았다.

이제 장식장 위에는 네 개의 상자가 놓여 있었다. 빨간 상자, 주황 상자, 노란 상자 그리고 초록 상자.

항상 자신을 유혹하고 괴롭히던 것들이 저 상자들 안에 갇혀 있다고 생각하니, 왠지 고소하다는 생각이 들었다.

현지는 침대에 네 활개를 치고 누웠다. 천장 한가운데 붙어 있는 둥그런 형광등이 그 큰 눈으로 빤히 현지를 내려다보고 있었다. 형광등 주변을 수많은 형광 별들이 올망졸망 둘러싸고 있었다. 상현달도 있었고, 하현달도 보였다. 북두칠성도 있었고, 큰곰자리, 작은곰자리도 자리잡고 있었다. 태양계의 행성도 한 줄로 나란히 서 있었다. 우주가 거기에 있었다.

밤에 불을 끄면 연두색으로 빛나는 별들이 항상 현지의 머리 위에서 빛나곤 했다. 저 별들이 현지의 밤을 지켜주었다.

'저건 북극성이고, 저기 있는 게 지구야. 어? 지구에 있는 현지가 잠을 자려 하네. 우리 같이 인사할까? 현지야, 잘 자.'

현지는 갑자기 떠오른 옛 기억을 떨쳐 버렸다. 저 별들은 엄마가 붙여 준 것이고, 어린 현지가 꿈나라로 갈 때까지 엄마는 곁에 누워서 별들을 가리키며 속닥거리곤 했다.

현지는 눈을 질끈 감아 버렸다. 그때 메신저 알람 소리가 났다.

모해?

태욱이었다.

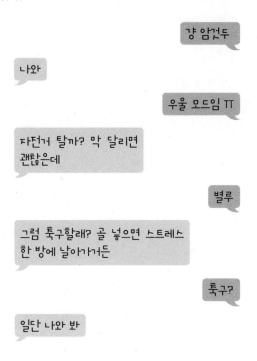

해 본 적도 없고, 해 보고 싶다는 생각도 한 번 하지 않았으나 어쩐지 귀가 솔깃했다. 현지는 학교 운동장으로 태욱이를 만나러 갔다. 태욱이는 축구 유니폼을 입고 기다리고 있었다.

"아직도 집에 안 가고 있던 거야?"

"연습 좀 하느라고. 근데 너 공 찰 수 있겠어?"

현지의 교복 치마를 흘끔거리며 태욱이가 말했다.

"뭐 어때? 네가 공을 잘 주면 되잖아."

태욱이가 머리를 긁적이며 웃었다.

"자, 그럼 간다."

태욱이는 현지에게 공을 슬쩍 밀어 주었다. 현지가 공을 차며 앞으로 나갔다. 태욱이가 옆을 졸졸 따라왔다.

"그래, 그렇게 툭툭 차면서 가는 거야. 저기 골문 안으로 차!"

현지는 힘껏 공을 찼다. 공은 엉뚱한 방향으로 굴러갔다. 태욱이가 열심히 뛰어가 공을 몰고 왔다. 공은 태욱이의 다리 어디쯤 달라붙어 있는 것 같았다.

"발가락 끝에 힘을 딱 주고 이게 학주다 여기고 차 봐."

태욱이가 공 차는 시늉을 했다. 학주? 현지는 씨익 웃으며 공을 찼다. 학생 주임 선생님은 장한중학교 공공의 적이다. 공은 강하게 그물에 꽂혔다.

"와우, 잘하는데?"

태욱이가 엄지를 치켜세웠다. 현지는 의외의 통쾌함에 몸을 부르르 떨었다.

"또 줘 봐."

현지는 공의 옆구리를 걷어찼다. 차고 또 찼다. 공은 골문 안으로 들어가기도 하고, 위로 날아가기도 하고, 옆으로 새기도 했다. 태욱이는 현지가 차기 좋은 위치에 매번 공을 갖다 놔 주었다. 발길질은 인정사정없이 이어졌다. 공은 학주였다가 시험 문제였다가 학교였다가 엄마였다가 공부였다가 다시 엄마였다가 또 엄마였다가 형편없는 시험 성적이 되어 현지의 발끝에 채여 날아갔다.

"내 인생에 태클 거는 것들은 다 꺼져 버려!"

아, 이 짜릿한 기분.

"게이지 급상승! 이런 맛에 축구 하는구나!"

현지는 제법 숨이 차고, 이마에 땀도 송골송골 맺혔다. 옷이 땀으로 지저분해지고 냄새가 날 것 같았지만 개의치 않기로 했다. 여름날의 오후는 해가 넘어가도 더웠다.

"이봐, 너희!"

누군가 큰 소리로 불렀다.

"어이, 거기 박지성!"

교무실 쪽에서 선생님 하나가 손을 흔들어 대고 있었다.

"이리 와 봐."

태욱이가 잽싸게 그쪽으로 뛰어갔다.

잠시 뒤 태욱이는 조그만 갈색 병 두 개를 들고 돌아왔다.

"뭐야?"

"너네 담임, 이거 마시고 힘내란다."

태욱이가 갈색 병 하나를 현지에게 건네주었다.

"헐, 웬 박카스?"

"그러게. 박카스가 뭐냐, 박카스가."

"우리 담탱이 원래 좀 구려."

"하하하, 나 이거 받으면서 웃겨 죽는 줄 알았어. 너랑 싸우지 말고 사이좋게 지내라 그러더라. 옆에서 잘 보살피래. 하하하, 니네 담탱이 너 되게 생각하나 봐? 뭐, 덕분에 나도 박카스 얻어 마신다."

현지는 입술을 삐죽거리고 교무실 쪽을 힐끗 쳐다보았다. 선생님은 벌써 안으로 들어갔는지 보이지 않았다.

"으악, 미지근해. 차가운 거라도 좀 주시지."

"이젠 선생님들도 널 박지성이라고 부르네?"

"냐하하, 나야 영광이지."

초등학교 다닐 때부터 축구에 소질이 있어서 장한중학교에 스카우트되어 온 태욱이는 박지성 같은 축구선수가 되는 게 꿈이란다.

"이거 마시니까 더 목마르다. 우리 시원한 음료수 마시러 가자."

운동장을 빠져나오려 할 때 갑자기 현지가 소리쳤다.

"앗, 없어졌어. 어떡해!"

현지는 땅바닥을 내려다보며 운동장 쪽으로 거슬러 올라갔다.

"뭐가?"

"목걸이. 아까 공 차다 떨어뜨렸나 봐."

"그래? 같이 찾아보자."

태욱이도 땅바닥을 훑기 시작했다. 골대 주변을 샅샅이 뒤지고 몇 번이나 왔다 갔다 했다.

"안 보이는데. 갖고 나온 거 확실해?"

"응. 아까 공 차기 전에 주머니에 집어 넣거든."

"주머니 다시 뒤져 봐."

"어머! 구멍이 나 있잖아! 여기로 빠졌나 봐."

주머니에는 손가락이 두 개나 들락거릴 만한 구멍이 나 있었다.

"난 몰라, 어떡해."

결국 목걸이는 찾지 못했다. 속상했다. 그리고 미안했다. 사실 그 목걸이는 태욱이가 선물해 준 것이었다.

"괜찮아, 그거 별로 비싸지도 않은 거였어."

태욱이가 위로해 주었지만 현지의 마음은 편해지지 않았다. 개운해진 기분이 다시 엉망이 되었다.

태욱이와 헤어져 돌아오면서 현지는 엄마를 원망했다.

엄마 때문에 목걸이를 잃어버린 것이었다. 딸이 구멍 난 치마를 입든 말든 아무런 신경도 쓰지 않는 무책임한 엄마 때문이었다. 어디서 났냐고, 그 비싼 걸 중학생이 선물할 리 없다고 닦달하던 엄마의 모습이 떠오르자 잠잠해졌던 분노가 다시 끓어올랐다. 누구라도 한 대 때리지 않고는 견딜 수 없을 것 같았다.

그리고 며칠 뒤, 우편함에 편지가 와 있었다.

현지에게 보내는 네 번째 열쇠.

'화는 보살핌을 간절히 바라는 아기다.'

틱낫한이라는 베트남의 스님이 그런 말을 했어. 세상의 모든 엄마
는 아기가 울면 모든 일을 제쳐 두고 아기한테 달려간단다. 배고파
서 우는 건지, 기저귀를 갈아 달라고 우는 건지, 놀아 달라고 우는
건지 살펴본 다음, 아기가 원하는 걸 해 주기 위해서지. 문제를 해
결하고 나면 엄마는 아기를 꼭 안고 달래 줘. 이때 따뜻한 살과 살
이 맞닿고, 쿵쿵 뛰는 심장과 심장이 맞닿아서 아기는 세상에서 가
장 편안함을 느낀단다.

살다보면 화나는 일이 정말 많아. 눈 돌리면 화나는 것 투성이요,
화나게 만드는 사람도 어쩌면 그렇게 많은지. 화를 내지 않고는 살
수가 없어. 아무리 훌륭한 사람이라도 그건 불가능할 거야. 화를 낸
다는 건 즐거울 때 웃고, 슬플 때 우는 것처럼 자연스러운 감정의
표현이니까.

하지만 화난다고 마구 화를 내서는 결코 좋을 일이 없어. 화를 내면

서로의 마음만 상할 뿐이기 때문이지. 결국 가해자도 없고 피해자도 없는 거야. 화는 화를 불러서 한참 화를 내다 보면 나중엔 왜 내가 화를 내고 있는지 이유를 잊어버리고, 오로지 화난 감정에 빠져서 마구 분통을 터뜨리지. 그렇게 되면 마음도 아플뿐더러 몸에도 좋지 않은 영향을 준단다.

그러니까 화도 잘 내야 되겠지? 영리하게, 마음이 안 다치게, 몸도 안 아프게 말이야.

보통 사람들이 화가 나면 어떤 행동을 할까?

1. 험담과 욕을 한다.

2. 상대를 때린다.

3. 물건을 던지거나 부순다.

4. 배가 터지도록 많이 먹는다.

5. 막무가내로 운다.

6. 고함을 지른다.

7. 치고받고 싸운다.

8. 복수를 한다.

9. 끙끙 앓으며 분을 삭인다.

10. 미친 듯이 쇼핑을 한다.

그 외에도 다양한 방법이 있겠지. 하지만 그런다고 화가 풀릴까?

화났을 때 거울을 한 번 봐. 그때처럼 미운 얼굴이 없어. 왜 내가 상대방의 잘못으로 인해 화를 내면서 내 얼굴을 밉게 만들어야 하지? 그럼 참아야 할까? 속은 부글부글 끓지만 겉으로는 아닌 척 웃어야 하나? 아니야. 억지로 참아서 좋을 것도 없어.

틱낫한 스님이 이런 말을 했어.

우리의 마음은 밭이다.

그 안에는 기쁨, 사랑, 즐거움, 희망과 같은 긍정의 씨앗이 있는가 하면 미움, 절망, 좌절, 시기, 두려움 등과 같은 부정의 씨앗이 있다.

어떤 씨앗에 물을 주어 꽃을 피울지는 자신의 의지에 달렸다.

화를 화로 받지 말고 다른 감정으로 풀어내라는 뜻이야. 우리 마음에는 수많은 감정들이 있는데, 화를 내느라 기쁨이나 즐거움 같은 다른 감정들을 누릴 수 없게 된다면 불행할 테니까. 반대로 화를 다스리면 놓쳤던 자그마한 행복들이 나비처럼 날아들겠지?

그럼 스님이 알려 준 화 다스리는 방법을 적어 보낼 테니까 화날 때마다 꼭 해 보길.

1. 나는 다섯 살짜리 아이라고 생각하면서 숨을 들이쉰다.

2. 그 아이에게 미소를 지어 주면서 숨을 내쉰다.

3. 아이는 연약하다고 생각하면서 숨을 들이쉰다.

4. 아이에게 미소 지으면서 숨을 내쉰다.

5. 나를 화나게 한 사람(예를 들면 엄마)을 다섯 살짜리 아이라고 생각하면서 숨을 들이쉰다.

6. 그 아이에게 미소를 지으면서 숨을 내쉰다.

7. 다섯 살짜리 엄마는 연약한 아이라고 생각하면서 숨을 들이쉰다.

8. 다섯 살짜리 연약한 엄마에게 사랑과 이해의 미소를 지어 주면서 숨을 내쉰다.

9. 내 안에 있는 엄마를 보면서 숨을 들이쉰다.

10. 내 안에 있는 엄마에게 미소를 지으면서 숨을 내쉰다.

11. 내 안에 있는 엄마가 당하는 어려움을 생각하면서 숨을 들이쉰다.

12. 엄마와 나 모두를 위해 노력할 것을 다짐하면서 천천히 숨을 내쉰다.

화가 났을 때일수록 자신을 잘 돌봐 주도록 해. 화를 내는 나 자신은 상처받기 쉬운 아기이니까.

영원한 네 편으로부터

"이게 어떻게 된 일이지?"

현지는 고개를 갸우뚱거렸다.

장식장 위에 있는 상자 네 개를 모두 가져와 책상에 늘어놓았다. 그리고 그동안 '영원한 네 편으로부터' 온 편지 네 통을 그 아래에 놓았다.

눈으로 직접 확인하니 더 묘해졌다. 기이한 일이 아닐 수 없었다.

현지는 상자를 열어 자신이 직접 썼던 고민의 편지지를 하나하나 펼쳐 보았다. 확실했다. 현지가 고민거리를 적어 상자에 넣을 때마다 편지가 한 통씩 왔고, 그 내용은 정확히 그 고민의 해결책이었다! 게다가 색깔까지도 같았다. 맨 처음 붉은 태양이 그려진 편지지에 지름신을 잡아넣었다. 그리고 지름신에 유혹당하지 않는 방법으로 지혜로운 토끼의 굴 얘기가 적힌 편지를 받았는데, 그것이 빨간색 편지 봉투였다.

그다음엔 차례대로 주황빛 노을이 드리워진 편지지와 주황색 편지 봉투, 노란 병아리가 그려진 편지지와 노란색 편지 봉투, 초록 나무들이 그려진 편지지와 초록색 편지 봉투로 색깔이 딱딱 맞아떨어졌다.

더욱 신기한 건 현지가 고민을 적어 넣으면 어김없이 그에 대한 도움말이 편지로 배달되어 왔다는 것이다.

현지는 주위를 둘러보았다. 혹시 누군가 지켜보고 있는 건가? 몰래카메라가 설치되어 있어서 현지가 고민을 적을 때마다 엿보고 그에 맞는 편지를 우편함에 넣고 달아나는 건 아닐까? 도대체 누가? 왜 그런 짓을?

아니라면 머릿속에 도청 장치라도 돼 있어서 생각을 다 읽히고 있는 건 아닐까? 뇌가 해킹당하고 있는 건지도 모른다.

현지는 해괴하고 황당한 생각을 떨쳐 버릴 수가 없었다. 어떻게 이런 일이 일어날 수 있는지 도저히 알 수 없었다. 다만 누군가 자신을 정확히 꿰뚫어 보고 있음에 그저 놀랍고 신기할 따름이었다.

다섯 번째 열쇠

공주병 치료하기

(오렌지)님의 말 : 달님이 편지 보내 주신 거 맞죠?

(보름달)님의 말 : 편지요? 무슨 편지요?

(오렌지)님의 말 : 저희 집 우편함에 편지를 넣어 주셨잖아요. 달님이 편지지를 보내 줄

때마다 그거랑 똑같은 편지가 왔거든요.

(보름달)님의 말 : 전 오렌지님 집이 어딘지 몰라요.

(오렌지)님의 말 : 헉, 그럼 누구지?

(보름달)님의 말 : 편지가 왔어요?

(오렌지)님의 말 : 네, 달님이 고민거리를 적어서 상자에 넣으라고 할 때마다 신기하게

도 그거랑 똑같은 색깔의 편지가 왔거든요. 그뿐만이 아니에요. 편지

내용도 똑같았어요. 제 고민을 어떻게 알았는지 그때그때 맞는 조언

이 적혀 있더라고요. 꼭 제 마음속을 들여다보고 있는 것 같았어요.

(보름달)님의 말 : 참, 신기한 일이네요. 누가 보냈는지 이름이 없어요?

(오렌지)님의 말 : 네. 이름도 없고, 주소도 없고, 우표도 붙어 있지 않고, 우체국 도장

　　　　　　　　　도 안 찍혀 있어요. 제 이름만 쓰여 있어요. 누가 몰래 와서 우편함

　　　　　　　　　에 넣고 가나 봐요.

(보름달)님의 말 : 누굴까요? 매번 오렌지님의 고민을 해결해 주려고 노력하는 그 사람

　　　　　　　　　이? 일부러 집까지 와서 넣어 주고 가는 거라면 대단한 정성인데.

(오렌지)님의 말 : 정말 달님 아니에요? 전 달님이라고 생각했는데.

(보름달)님의 말 : 달은 하늘에 단 하나가 있지만 수천 개의 강에 동시에 뜨죠.

(오렌지)님의 말 : 네? 그게 무슨 말씀이세요?

(보름달)님의 말 : 글쎄요, 누군가 오렌지님을 지켜봐 주고 있나 봐요. ^^

　현지의 머릿속은 더욱 알쏭달쏭해졌다. 사이트 운영자인 달님이
아니라면 도대체 누굴까? 아무리 생각을 탈탈 털어 봐도 편지를 보
내 줄 만한 사람은 떠오르지 않았다.

　사실 달님은 고민을 적으라고 편지지만 보내 주었을 뿐이지 현지
가 거기에 적어 넣은 고민의 내용은 다 모른다. 그러므로 고민에 딱
딱 맞게 편지를 보내 준 사람이라고 여기기에는 맞지 않은 부분도 있
었다. 그렇다면 현지가 달님으로부터 매번 다른 색깔의 편지지를 받
고, 거기에 어떤 고민거리를 적었는지를 다 알고 있는 사람이 있다는

얘기다. 과연 누굴까?

얼굴도 궁금할 뿐더러 왜 자신을 도와주는지 알고 싶었다. 누구인지 몰라도 참 고마웠다. 필요할 때마다 적절한 도움을 주고 있으니까.

현지는 영원한 자신의 편이라는 사람으로부터 열쇠를 받을 때마다 자신감이 생겼다. 진짜로 열쇠를 손에 쥔 것 같았다. 당장 거기에 적힌 방법대로 실행에 옮기고 잘 지켜 내지는 못해도 마음 저 밑바닥이 왠지 든든했다.

용돈 문제만 해도 그렇다. 돈을 쓰려고 하면 지혜로운 토끼가 생각나서 이게 꼭 필요한 쓰임새인가 다시 생각해 봤다. 게으름을 피우고 싶을 때는 청개구리가 생각났고, 화가 날 때는 우는 아기가 떠올랐다.

현지는 벽에 붙어 있는 두 장의 종이를 바라보았다. 시와 격언이 적힌 종이와 생활 계획표. 시계를 보니 내일 학교 갈 준비를 하고 잠자리에 들 시간이었다.

"자연은 나에게 '독립적으로 살라'고 간청할 뿐이다."

현지는 자신에게 나지막이 속삭이며 침대로 갔다.

주제넘은 애도 다 보겠다. 현지는 떨떠름한 표정을 지으면서 눈살을 찌푸렸다.

"내가 왜?"

진순이가 배시시 웃었다. 멍청해 보이는 미소였다.

"너랑 친하게 지내고 싶어서."

"뭐?"

"우리 친구하자."

현지는 코웃음을 쳤다. 애가 뭘 몰라도 한참 몰랐다. 아무리 지난달에 전학을 와서 반 사정을 모른다고 해도 이렇게 눈치가 없을 수가! 분위기를 보면 현지가 반에서, 아니 장한중학교에서 어떤 위치에 있는 사람인지를 금방 알 수 있을 텐데 말이다.

"뭐래? 쯧쯧."

현지는 짧고 강렬하게 혀를 한 번 차고는 교복에 달라붙은 먼지를 터는 시늉을 하며 자리로 돌아와 앉았다. 반 아이들이 현지와 진순이를 번갈아 쳐다보며 뭐라고 속닥거렸다. 현지는 진순이 같은 아이와 한데 엮여서 반 아이들의 시선을 받는 것이 기분 나빴다.

진순이가 현지 자리까지 쪼르르 쫓아왔다.

"그럼 기다릴게. 이거."

책상에 내려놓는 것은 카드였다.

"초대장이야."

현지는 짜증이 확 치밀어 올라왔다.

"가져가. 나 이런 거 필요 없거든!"

현지는 돌아가는 진순이의 등을 향해 카드를 던졌다. 카드의 모서리가 진순이의 등을 찍었고 곧 바닥으로 추락했다.

진순이가 돌아섰다. 현지는 진순이를 차갑게 쏘아보았다. 바닥에 던져진 초대장을 발견한 진순이의 얼굴이 새빨개졌다. 현지는 차가운 시선을 풀지 않았다. 진순이가 쭈그리고 앉아 초대장을 집어 들고 원망 어린 눈으로 현지를 바라보았다. 현지는 고개를 홱 돌려 버렸다.

현지는 자기 생일에 집에 오라며 난데없이 초대장을 주는 진순이를 이해할 수 없었다. 진순이는 친구가 없는, 알기 쉽게 말하면 현지네 반의 왕따 같은 아이였다. 전학 온 지 한 달밖에 되지 않은 탓도 있었지만, 어리바리한 데다 얼굴도 못생기고 어딘지 모르게 지저분해 보이는 아이였다.

이름도 진순이가 뭐냐, 박진순이. 뒤집으면 순진박이다. 촌스럽기 그지없다. 어디 한 군데 봐 줄 만한 구석이라곤 찾아볼 수 없는 그런 아이였기에 현지의 반응은 매몰찼다.

'저게 어디다 대고 친구하재?'

현지는 잔뜩 주눅이 들어 돌아간 진순이를 흘겨보며 속으로 중얼거렸다.

현지의 생각은 이랬다. 친구가 되려면 적어도 비슷한 수준은 되어야 한다고. 미모는 더 이상 장한중학교에서 현지를 따를 자가 없으니

152

까, 적어도 현지의 미모를 깎아 먹지 않는 정도의 외모는 갖춰줘야 비로소 친구가 될 자격이 있다. 스타일도 중요하다. 간지가 좔좔 흐를 정도까지는 아니더라도 교복을 감각 있게 입는 센스가 필요하다. 똑같은 교복을 입어도 누구는 예뻐 보이고, 누구는 촌스러워 보이고 하는 이유가 다 거기에 있다.

공부는 좀 못해도 외모 하나만은 자신 있는 현지였다. 태어났을 때부터 현지를 보는 사람은 누구나 예쁘다, 귀엽다, 깜찍하다고 입이 마르게 칭찬을 하고 감탄을 쏟아 내곤 했다. 현지에게서 눈을 떼지 못하고, 볼을 쓰다듬거나 손을 잡아 보려고 애쓰는 사람도 부지기수였다. 어디 그뿐인가. 현지의 미모와 애교에 홀딱 빠져 어떤 사람은 사진 좀 찍어 가도 되느냐며 연신 카메라 셔터를 눌러 대고 어떤 사람은 같이 사진을 찍자고 조르기도 했다. 이미 SNS에서도 얼짱으로 알려져 연예인 저리 가라 할 정도의 인기를 받고 있는 몸이셨다. 친구들은 현지더러 연예인이 되라고 했다.

현지도 아이돌 가수가 좋아 보였다. 저 정도의 화려함이나 아름다움만이 자신에게 어울린다고 생각했다. 꼭 연예인이 되어야겠다고 결심한 적은 없지만, 자신이라면 어느 쪽으로 나가든 성공할 거라고 여겼다. 자신만만이었다.

공부는 외모에 자신이 없는 애들이 하는 거라고 생각하기도 했다. 아무도 봐 주지 않으니까 공부라도 잘해야 되지 않겠는가. 그래야 선생님들이 겨우 관심을 가져 주니까. 외모에 자신이 있는 현지는? 꼭 공부를 잘할 필요가 없다고 생각했다. 물론 형편없는 성적표를 받으면 그 순간은 화가 치밀고 속이 상하지만 그것이 오래가지는 않았다.

"난 예쁘니까."

현지는 고개를 빳빳이 세우고 새침한 표정으로 머리카락을 매만졌다.

그런 현지를 재수 없어 하는 애들도 분명 있었다. 대놓고 아래위로 눈을 흘기고 가는 아이도 있었지만 현지는 그다지 신경 쓰지 않았다. 그 아이들의 비아냥거림은 실은 부러움이었다. 현지의 예쁜 외모를 시샘하는 것이었다. 방학하면 성형 수술을 하겠다는 둥 다이어트를 해야겠다는 둥 그런 이야기들이 떠돌고 있는 걸 보면 쉽게 짐작할 수 있는 일이다.

"전학 온 애를 대놓고 무시했대."

"흥, 얼굴만 예쁘면 뭐하나?"

"완전 재수 없어."

처음엔 조금 의아하기도 했다. 반의 왕따가 따돌림을 당하면 반 아이들 전체도 대부분 암묵적으로 동조하기 마련이었다. 더구나 현지가 싫어하면 무조건 현지를 따르는 게 현지네 반 아이들의 습관이었다.

그런데 이번엔 어쩐 일인지 그 패가 갈렸다. 여전히 현지 편에 서서 진순이를 따돌리는 애들도 있었지만, 반대편에서 현지를 욕하는 애들도 생긴 것이다.

결정적으로 국어 시간에 있던 일이 현지에게는 큰 충격이었다.

국어 선생님이 필독 도서 얘기를 하다가 『호밀밭의 파수꾼』이나 『데미안』, 『회색 노트』 같은 작품은 반드시 읽어 둬야 한다고 했을 때였다.

"누구 읽은 사람 있나?"

반 아이들은 주위를 두리번거리다 소심하게 손을 든 진순이를 발견했다. 현지네 반에서 손을 든 아이는 딱 한 명이었다.

"오, 진순이가 그 책들을 다 읽었단 말이지? 잘했어. 훌륭해."

선생님은 진순이를 입에 침이 마르도록 칭찬했다. 간단하게 책의 내용에 대해서 물어보고, 대답하고, 또 칭찬하고. 반 아이들은 놀랍다는 표정으로 진순이를 쳐다봤다.

"모두들 진순이를 본받도록. 그럼 너희『안네의 일기』는 읽어 봤겠지? 안네가 이 일기를 쓴 나이가 지금 너희와 같아. 이 책 읽어 본 사람 손들어 봐."

반 아이들이 손을 들었다.

"현지도 읽었구나. 안네가 일기장에 이름을 붙여 주었잖아? 그 이름이 뭐였지?"

현지는 침을 꼴깍 삼켰다. 아이들의 시선과 선생님의 시선이 한데 뭉쳐 현지에게로 몰려왔다.

"옛날에 읽어서 잘 생각이 안 나는데요."

아무렇게나 둘러대는 현지의 가슴은 콩닥거렸다. 현지는 『안네의 일기』를 읽은 적이 없었다. 어디선가 제목만 들었을 뿐이었다.

"옛날? 한 50년 전에 읽은 모양이구나."

"와하하."

반 아이들이 일제히 웃음을 터뜨렸다. 현지는 고개를 떨어뜨렸다.

그날의 망신은 잊을 수 없었다. 어째서 선생님은 그런 말을 해서 현지를 비웃음거리로 만들었을까. 현지가 책도 읽지 않고 손을 든 것이 괘씸해서였을까. 수준 떨어진다고 무시했던 진순이가 선생님에게 칭찬받는 것에 발끈해서 저도 모르게 손을 들어 버린 일은 분명 잘못이었다. 하지만 그렇다고 해도 장한중 최고의 인기녀 현지를 그런 식으로 웃음거리로 만들 수는 없었다.

현지는 선생님도 미웠지만 진순이가 더 얄미웠다. 일부러 현지더러 보라고 손을 들고 척척 대답을 늘어놨다고 여겼다.

"못생긴 게 잘난 척하기는."

심란했다. 자존심도 몹시 상했다.

집으로 돌아와서 현지는 달님이 보내 준 편지지에 오늘 있었던 일을 빠짐없이 적어 넣었다.

며칠 뒤, 현지는 우편함에서 파란색 편지 봉투를 발견했다. 현지는 편지를 꺼내 들고는 재빠르게 아파트 광장 쪽으로 달려가 보았다. 혹시 편지를 넣어 주고 가는 사람이 주변에 있나 싶어서였다. 자동차들이 즐비하고 아이들이 자전거를 타고 지나가고 아줌마들이 시장 바구니를 들고 걸어 다니는, 매일 보는 흔한 광경이었다. 저들 틈에 숨어 있을까. 숨은 그림 찾기를 하듯 사람들을 일일이 쳐다봤지만 알수 없는 일이었다.

편지의 내용은 짐작대로였다.

다섯 번째 열쇠를 보낸다.

오늘은 수선화 얘기를 해 줄게.

그리스 신화에 나르키소스라는 매우 아름다운 청년의 이야기가 있어. 그는 강의 신과 님프의 아들로 태어났는데, 어쩌나 아름다운지 보는 사람들은 몽땅 사랑에 빠졌어. 수많은 여성들과 님프 심지어 남자들까지도 구애를 할 정도였지.

하지만 그는 그 누구의 사랑도 받아들이지 않았어. 자기 자신이 아름답다는 걸 알았기 때문에 웬만해서는 그의 눈에 차지 않았지.

사랑을 거절당한 이들 가운데 '에코'라는 님프가 있었어. 에코는 사랑을 이루지 못해서 괴로움에 빠졌는데, 그만 나쁜 마음을 먹게 되었어. 나르키소스 역시 똑같은 사랑의 고통을 겪게 해 달라고 복수의 여신에게 빈 거야. 복수의 여신 네메시스는 에코의 기도를 들어주었어.

어느 날 사냥을 하다 목이 마른 나르키소스는 샘에 갔어. 물을 마시기 위해 몸을 숙인 그는 순간 숨이 막히는 것 같았어. 별처럼 반짝거리는 눈, 구불구불 아름답게 드리워진 머리칼, 길고 흰 목, 붉은 입술. 물속에서 물의 요정이 자신을 빤히 쳐다보고 있지 않겠어? 세상에 태어나 이렇게 아름다운 여인을 처음 본 나르키소스는 그만 사랑에 빠지고 말았어.

나르키소스가 손을 내밀었어. 그러자 물의 요정도 손을 내밀었어. 물의 요정도 자신에게 관심이 있구나! 뛸 듯이 기쁜 나르키소스는 용기를 내서 그녀에게 키스하려고 입술을 댔어. 그러자 그녀는 순식간에 달아나 버렸어.

"아름다운 이여, 왜 나를 피하는가? 내 얼굴이 그대가 싫어할 정도로 못생기지는 않았을 텐데. 그대도 나에 대하여 관심이 없지는 않은 것 같은데, 내가 팔을 내밀면 그대도 내밀고, 내가 미소를 지으면 그대도 미소를 짓고, 내가 손짓을 하면 그대도 손짓을 하지 않는가."

나르키소스가 애타게 그녀를 부르며 사랑을 고백했어.

잠시 뒤 물의 요정은 수줍은 듯 다시 모습을 보여 주었어. 하지만 아무런 말도 하지는 않았지.

대답 없는 그녀. 빤히 쳐다보기만 하는 그녀.

나르키소스의 마음은 애절해졌어. 어떻게 하면 아름다운 그녀가 내 사랑을 받아줄 수 있을까. 눈물이 흘러내렸고, 물속으로 똑똑 떨어졌어. 그러자 야속하게도 그녀가 사라지려고 하는 거야.

"제발 부탁이니 가지 마시오. 손을 대서 안 된다면 바라보게 만이라도 해주오."

나르키소스의 가슴은 사랑의 불꽃으로 맹렬하게 타들어 갔어. 그녀를 두고는 도저히 떠날 수가 없어서 먹는 것도 잠자는 것도 잊은 채 하염없이 그녀만을 바라보았지. 나르키소스는 하루가 다르게 수척해지고 쇠약해지고 아름다움도 점점 사라졌어.

그렇게 몇날 며칠을 보내면서 사랑을 앓던 나르키소스는 끝내 죽고 말았어. 사랑을 이루지 못하여, 그 사랑의 정염에 휩싸여 사랑의 재가 되고 만 거지.

며칠 후 그 자리에 꽃이 피었어. 속은 자줏빛이고 흰 잎으로 둘러싸인 꽃이었어. 사람들은 나르키소스의 이름을 따서 꽃에게 '수선화(나르시스)'라고 지어 줬어.

그런데 나르키소스가 반했던 물의 요정이 누구였는지 알아?

그녀는 다름 아닌 물에 비친 나르키소스 자신의 모습이었어. 자신의 아름다운 모습을 물의 요정이라고 착각한 거였어. 참 슬픈 이야기지. 자신을 사랑하고 끝내 목숨까지 잃은 아름다운 청년 나르키소스.

자기애를 뜻하는 '나르시시즘'이라는 말도 나르키소스의 이름에서 유래한 거야. 자기 사랑이 지나치면 병이 되고, 곧 자기 자신을 파멸로 이끌고 만다는 무서운 이야기지.

자신과 다른 사람을 비교해서 남을 깔보고, 스스로에 대한 믿음이 지나쳐 우쭐거리고 잘난 척하는 마음을 갖는 것이 교만이야. 사람이 절대로 가져서는 안 될 못된 생각이지. 내가 소중하면 남도 똑같이 소중한 법이야. 그 아름다운 나르키소스가 목숨을 잃은 건 교만 때문이었어. 그러니 절대 교만해서는 안 돼. 자기를 진정으로 사랑하는 사람은 겸손하고 타인을 배려하지.

영원한 네 편으로부터

기억난다. 초등학교 때 만화로 본 그리스 신화 이야기. 그때는 참 저렇게도 바보 같고 슬픈 이야기가 다 있을까 여겼는데, 지금 보니 꼭 자신의 얘기처럼 들렸다. 현지도 틈만 나면 거울을 들여다본다. 어떤 때는 홀린 듯 한참 빠져 있기도 한다. 그러다 여드름이라도 하나 발견하면 세상 고민 다 짊어진 것처럼 눈앞이 캄캄해진다.

현지와 친구가 되고 싶어 하는 애들은 무척 많았다. 남자애들은 물론이고, 여자애들도 가까이 하고 싶어 했으나 현지 역시 나르키소스처럼 쌀쌀맞게 대했다. 그래서 진순이의 초대도 대수롭지 않게 여기고 거절했던 것인데, 이상하게 그것이 내내 마음에 걸렸다.

불현듯 현지는 진순이가 카드 모서리로 등을 맞았을 때의 마음이, 선생님의 농담으로 반 아이들에게 비웃음을 당했던 자신의 마음과 비슷하지 않았을까 생각되었다. 날카로운 무언가로 마음을 슥 베인 듯한 시리고 아픈 느낌.

그나저나 자신이 교만한 마음으로 반 친구를 무시하고 업신여긴 것을, 편지를 보내 주는 사람은 어떻게 알았을까?

현지는 다섯 개의 상자와 다섯 통의 편지를 뚫어지게 쳐다보며 그가 누구일까 한참 궁리했다.

여섯 번째 열쇠

나눌 줄 아는
용기 갖기

"뭘 그렇게 멍 때리고 있니?"

정민이가 다가왔다.

"어? 어……."

점심시간이었다. 점심을 서둘러 먹고 난 현지는 운동장 벤치에 나와 앉아서 내내 편지를 보내 준 사람이 누구인지 골똘히 생각에 잠겨 있었다.

현지는 정민이에게 그 얘기를 해 주었다. 정민이도 고개를 갸우뚱거렸다.

"혹시?"

"혹시 뭐?"

"에이, 아냐."

"뭐야, 사람 감질나게 왜 말을 하려다 말아?"

"아니, 저번에 말이야, 너한테 편지 전해 줬던 남자애 있잖아. 걔한
테 물어보면 알 수 있지 않을까?"

아, 맞다. 핑크색 편지를 처음 전해 줬던 이상한 남자애. 그것이 바
로 이 기묘한 편지의 시작이었다.

"그래! 걔한테 물어보면 알 수 있겠다. 당장 걔를 찾아야겠어!"

"잠깐만, 몇 반 누군지도 모르잖아."

듣고 보니 그랬다.

"반마다 돌아다니면서 물어볼까?"

"뭐? 언제 그러고 있어? 난 반대야."

"그러지 말고 나 좀 도와주라. 궁금해 미치겠다니까."

정민이는 할 수 없다는 듯 마지못해 현지를 따라나섰다.

현지는 쉬는 시간마다 정민이와 함께 반을 돌아다니며 애들을 붙
잡고 물었다. 워낙 특색 없게 생긴 아이여서 인상착의도 대충 생각나
는 대로 말해 주었다. 말할 때마다 조금씩 달라지기도 했다. 그 때문
인지 그 남학생을 아는 사람을 한 명도 만날 수 없었다.

하도 모른다고 하기에 나중에는 학교에 그 남자애가 없는 게 아닌
가, 하는 의구심마저 들었다. 게다가 짧은 쉬는 시간을 이용하려니
매번 시간에 쫓겨 제대로 알아볼 수도 없었다.

3일쯤 지나자 다른 반 애들이 이상하게 쳐다보기 시작했다. 한 번 갔던 반에 또 가서 똑같은 남자애를 찾으니 이상하게 여길 만도 했다.

"누군데 그렇게 애타게 찾니?"

"으응, 그럴 일이 있어."

그 덕분에 요상한 소문이 돌았다. 현지가 태욱이랑 사이가 틀어져서 바람을 피운다느니, 그 남자애와 태욱이가 현지를 두고 한판 뜨자고 했다느니, 현지가 그 남자애한테 한눈에 반했는데 걔가 몇 반 누구인지 몰라서 찾아 헤매고 다니고 있다느니. 허무맹랑한 소문이었다.

태욱이까지 그 소문을 사실이라고 믿었는지 현지를 서먹하게 대할 정도였다. 아니라고, 헛소문이라고 사실을 얘기해 주어도 태욱이 의심을 풀지 않았다. 범생이 정민이의 말을 듣고 나서야 태욱이는 조금 믿는 눈치였다.

"이제 돌아다니면서 물어보는 건 그만둬야겠다. 별 성과도 없고 괜히 오해만 샀잖아."

"우리가 이렇게 찾으러 돌아다니는 거 우리 학교 애들 다 아는데, 그때 걔도 분명히 알 텐데 찾아오지 않는 거 보면 좀 이상해. 자기를 찾는 거 알면 궁금해서 찾아올 텐데 말이지."

"그러게."

164

"우리 학교 애가 아닌지도 몰라."

"아냐, 그때 우리 학교 교복 입은 거 봤어. 너도 봤잖아?"

"흐음. 그럼 유령인가?"

"어우, 야! 무섭게 왜 그래?"

현지가 양 팔뚝을 문지르며 몸을 웅송그렸다. 한여름의 더위가 순식간에 가시는 것 같았다.

"그렇잖아? 아무리 찾아도 없는 거 보면."

"그럼 내가 유령한테 편지를 받았다는 거야?"

현지는 또 한 번 몸을 부르르 떨었다.

"이런 방법은 어떨까?"

정민이가 여러 방법을 제안했다. 하루 종일 우편함 앞을 지키고 서 있다가 편지를 넣고 가는 사람이 누구인지를 알아내기, 우편함 위에 몰래카메라 설치하기, 편지를 국립과학수사연구소에 보내 지문 감식하기, 신문에 사람 찾는 광고 내기 등등. 하나같이 실현 불가능한 것들이었으나 엉뚱한 정민이 덕분에 실컷 웃을 수 있었다.

정민이와 헤어져 교실로 돌아왔는데 어째 분위기가 어수선했다. 아이들이 교실 앞쪽에 빙 둘러 서 있었고, 거기에는 주연이와 소희가 서로를 잡아먹을 듯이 노려보고 있었다.

"네가 가져간 거 모를 줄 알고!"

"봤어? 봤냐고! 어디 딴 데서 잃어버려 놓고 나한테 뒤집어씌우려고 그래?"

"웃기시네. 정말 병맛이야."

"너, 내가 그냥 넘어갈 줄 알아? 우리 엄마한테 다 말해서 너 고소할 거야."

남자애들처럼 주먹을 날리고 발로 차지는 않았으나 그에 못지않은 살벌한 기운과 말이 오가며 서로를 찌르고 있었다.

"쟤네 왜 저래?"

현지가 옆에 있는 아이에게 작은 목소리로 물었다. 그 아이의 대답은 이랬다. 주연이가 소희에게 오답노트 좀 보여 달라고 했는데 소희가 거절하자 주연이가 원망하며 소희에게 욕을 했다. 그런데 잠시 후 소희의 오답노트가 없어진 것이다. 아무리 뒤져도 나오지 않자 소희는 주연이를 의심했다. 주연이는 아니라고 펄쩍 뛰었지만 극구 부인하는 주연이가 소희는 더욱 의심스러웠다. 더군다나 주연이가 소희의 책상 서랍을 뒤졌다는 친구들의 증언이 나오자 소희는 주연이가 범인이라고 단정지은 것이다.

남자애들이 중재자로 긴급 투입되었다. 하지만 싸움은 점점 더 커져서 곧 치고받고 할 태세였다. 지갑을 도둑맞은 것도 아닌데 뭘 그깟 오답노트 하나 갖고 저 난리를 치나? 현지는 별것도 아닌 일로 싸우는 아이들이 이해가 되지 않았다. 주연이와 소희는 반에서 1, 2등을 다투는 사이였다.

소란이 커져서 옆 반, 복도로까지 흘러갔다. 반장이 교무실로 뛰어갔다. 도덕 선생님이 지나가다가 싸움 소리를 듣고 현지네 반으로 다가왔다. 선생님이 무슨 일 때문에 그러느냐고 물었고, 어떤 아이가 소상하게 얘기해 주었다. 선생님의 얼굴이 무섭게 일그러졌다.

"이 녀석들!"

선생님은 크게 호통을 치며 아이들 가운데로 뚜벅뚜벅 걸어 들어왔다. 소희와 주연이는 서로를 노려보면서 분을 삭이지 못해 식식대고 있었다.

"어떻게 그럴 수가 있어? 친구들끼리?"

도덕 선생님이 계속 말을 이으려는 순간 담임 선생님이 왔다. 도덕 선생님에게 말을 전해 들은 담임 선생님은 아이들을 모두 자리로 돌려보낸 뒤 소희와 주연이를 데리고 상담실로 갔다. 아이들은 재미있는 구경거리라도 놓친 양 아쉬워하며 수업 준비를 했다.

공교롭게도 다음 시간이 도덕 수업이었다. 도덕 선생님은 방금 전의 일 때문인지 들어오자마자 소희와 주연이를 보았다. 담임 선생님에게 꾸지람을 들었는지 소희와 주연이는 울어서 눈이 빨갰다.

"이거 하나씩들 나눠 가져라."

선생님이 한 무더기의 무언가를 맨 앞자리의 아이에게 주었다. 잠시 뒤 길고 날씬한 양초가 반 아이들 모두에게 하나씩 돌아갔다.

"다들 하나씩 받았지?"

"네."

"하나씩 받은 게 뭐냐?"

"초요."

뭐 그런 시시한 걸 다 묻나 싶어서 아이들은 피식거렸다. 선생님은 라이터로 초에 불을 붙였다.

"고대 그리스에 디오게네스라는 거지 철학자가 있었다. 그는 매우 남루한 옷차림에 환한 대낮에도 등불을 켜 들고 거리를 다녔어. 지나가는 사람들은 당연히 이상하다고 여겼지. 왜 환한 대낮에 등불을 켜고 다니냐고 물었더니 디오게네스가 뭐라고 그랬는줄 아니?"

모두들 꿀 먹은 벙어리처럼 입을 꾹 다물고 있었다.

"사람을 찾습니다. 나는 정직한 사람을 찾고 있어요. 욕심 부리지 않는 사람, 영혼이 따뜻한 사람, 사람을 사랑하는 사람을 찾아요."

선생님은 아이들 하나하나를 똑바로 쳐다보았다. 아이들은 어리둥절하여 주위를 두리번거렸다.

"자, 이제 내가 너희에게 불을 붙여 줄 테니까 너희도 옆자리나 뒤에 앉은 친구에게 불을 전달해 다오."

선생님이 맨 앞자리에 앉은 아이의 초에 촛불을 갖다 댔다. 주황색 불꽃은 흔들리면서 새 초로 옮겨 붙었다. 촛불은 점점 반 전체로 퍼졌다. 대낮이라도 불이 켜진 초를 들고 있으려니 뭔지 모를 숙연한 감정이 들었다.

"맨 처음 촛불은 하나였다. 그런데 지금은 서른일곱 개의 불이 타고 있다. 그건 내가 나눠 주었고, 너희가 서로 나눈 덕분이야. 자, 봐라. 촛불은 아무리 나눠 주어도 줄어들지 않아. 아니, 오히려 늘어난다."

아이들은 새삼 주위를 둘러보고 고개를 끄덕거렸다.

"처음 너희에게 불을 붙여 준 초는 이렇게 작다. 작고 소박한 초로 너희의 양초에 불을 나눠 주어도 이 초의 빛은 전혀 흐려지거나 작아지지 않았어. 한 개의 초로는 주위는커녕 자기 자신조차 충분히 밝힐 수 없다. 하지만 지금은 어떠니? 훨씬 밝아졌지? 그럼 더 모이면 세상을 능히 밝힐 수 있겠지?

지식이란 말이다, 그런 거다. 한 자루의 양초와 같다. 나누면 나눌수록 깊어지고 확실해지거든. 자신도 비추고 타인도 비추고 우리가 살고 있는 세상도 비추고. 나눌수록 커지는 건 지식뿐만이 아니야. 사랑, 배려, 친절, 꿈, 용기, 우정 등등 셀 수 없이 많지. 어디 그뿐인지 아니? 음식도 나눠 먹으면 더 맛있지 않니? 베풀어라, 얘들아. 산다는 건 자기 스스로를 소재로 하면서 빛을 얻기 위해 항상 위를 향해 타오르는 촛불의 불꽃과 같은 거다. 선생님은 너희가 촛불과 같은 삶을 살아 주었으면 좋겠다. 가슴속에 영원히 꺼지지 않는 촛불 하나를 품고 살아 다오. 거짓과 탐욕을 태워 없애고, 사람과 사람 사이를 따뜻하게 밝혀 주는 그런 촛불을 말이다. 그런 사람이 아마도 그 옛

날 디오게네스가 대낮에도 등불을 들고 다니며 애타게 찾았던 사람이라고 선생님은 생각한다."

선생님 말씀이 끝나고도 반은 한동안 숙연했다. 아무도 장난치거나 웃지 않았다. 선생님 말씀을 온전히 알아들었든 알아듣지 못했든, 조용히 타오르는 촛불을 바라보며 촛불의 의미를 저마다 가슴에 깊이 새겼다.

선생님이 그런 수업을 한 건 비단 소희와 주연이 때문만은 아니었다. 사실 반 아이들 중 대부분은 서로 참고서나 필기 노트를 절대로 빌려주지 않았다. 더구나 오답노트는 극비에 해당했다. 특히 공부 잘하는 애들은 더 그랬다. 쉬는 시간도 아까워하는 애들이었다. 자투리 시간을 적극 이용해야 성공할 수 있다며 영어 단어 하나라도 더 외우고, 수학 문제 하나라도 더 풀려고 안간힘을 썼다. 시험 때는 말도 못 붙이게 하고 어쩌다 말을 걸면 공부 시간 뺏는다며 화를 냈다. 경쟁자이므로, 내가 너를 눌러야 위로 올라설 수 있기 때문에 그렇게들 생각하고, 그렇게들 행동했다.

"나 공부 하나도 못 했어, 어떡해."

일부러 엄살을 떨고 상대방을 방심하게 만드는 작전도 쓴다. 그래 놓고는 학원에서 또는 과외로 철저하게 시험 준비를 하고, 보란 듯이 성적을 받아 내고 어깨를 으쓱거리는 아이들.

공부뿐만이 아니었다. 공부의 정보에 대해서도 공유하는 데 굉장히 인색했다. 어느 학습지, 어느 문제집, 어디 학원, 어떤 선생님, 어디 사이트 등등을 알려 주는 데도 꺼려하고 조심스러워하고 아까워했다.

현지는 집으로 돌아와서 달님이 보내 준 편지지에 오늘 있었던 일을 적었다. 현지도 그런 적이 있었다. 속으로 미워하고 시기했던 일. 자기 생각만 했던 일. 단짝인 정민이에게 특히 그랬다. 정민이는 공부 잘하는 다른 애들과는 좀 달랐다. 인터넷 서핑도 잘하고 아는 것도 많았다. 게다가 솔직하고 엉뚱하기도 하다.

다른 모범생 애들은 친구에게 1분 1초 쓰기도 아까워한다. 자기밖에 모른다. 이기주의의 극치를 달린다. 할 줄 아는 게 공부밖에 없는 공부 지상주의자들이다.

하지만 정민이는 쉬는 시간마다, 수상한 편지의 주인공을 찾기 위해 함께 돌아다녀 주었다. 셰르파 사이트를 소개해 준 애도 정민이다. 지금 이 편지지도 그 덕분에 달님이 보내 주는 것이 아닌가. 현지는 정민이에게 미안한 감정이 들었다.

달님이 보내 준 편지지에는 남빛 바다가 출렁거리고 있었다. 바다처럼 넓은 마음을 가지라는 뜻일까. 현지는 문방구에서 남색 상자를 사 와 편지를 넣었다. 이로써 현지를 유혹하고 괴롭히던 또 하나의 문제점이 저 상자에 갇혔다.

현지는 남색 상자를 다섯 개의 상자 옆에 놓았다. 나란히 놓인 상자를 보는 순간 현지는 새로운 사실을 하나 발견했다.

"앗, 무지개잖아!"

상자는 순서대로 무지개 색을 띠고 있었다. 그냥 알록달록 예쁜 색깔의 편지지를 보내 주는 걸로만 알았는데 아니었다. 여섯 개의 상자는 빨간색, 주황색, 노란색, 초록색, 파란색, 남색이었다. 그렇다면 다음 편지지 색깔은?

퍼즐을 맞춰 나가는 것 같았다. 마치 굉장한 사건을 맡은 탐정이 된 기분이랄까. 흐음. 현지는 턱에 손을 고이고 상자들을 바라보았다.

며칠 후 현지의 영원한 편으로부터 온 편지 역시 남색이었다. 깊고 넓은 바다 색깔의 편지 봉투. 누군가가 의도적으로 보내 주는 것이 확실했다. 달님이 보내 주는 편지지와 똑같은 색깔을 일부러 골라서, 내용도 그에 맞게 편지를 보내 주는 의도는 과연 무엇일까?

이번 여섯 번째 열쇠의 키워드는 바통터치야. 바통 알지? 이어달리기 할 때 들고 뛰는 막대기. 이어달리기의 핵심은 빨리 달리면서도 바통을 떨어뜨리지 않고 다음 선수에게 제대로 전해 주는 데 있어. 무사히 결승점까지 바통을 가지고 가야 해. 바통 없이 선수만

172

가면 아무리 1등을 해도 무효야. 그게 릴레이 경기의 규칙이지.

어떤 사람이 배가 고파서 식당으로 밥을 먹으러 갔어. 배고플 때 밥

먹으면 참 행복하지? 그 사람도 맛있게 밥을 먹고 밥값을 내려고 카

운터로 갔어. 그런데 주인이, 앞 사람이 밥값을 내줬다는 거야.

"누가요? 난 여기 아는 사람도 없는데?"

고개를 갸우뚱거리는 그 사람에게 주인이 말했어.

"우리 식당에서는 앞 손님이 뒤 손님의 밥값을 내준답니다. 물론 앞

손님은 그보다 먼저 오셨던 손님이 밥값을 내준 거고요. 이런 식으

로 음식 값을 내면 손님은 공짜로 얻어먹은 기분이 들어 행복하지

요. 거기에다 뒤에 오는 사람을 위해 선행을 베풀었다는 기쁨도 함

께 얻고요. 따지고 보면 손님은 제 돈 주고 음식을 드시는 거지만,

그게 우리 식당의 규칙입니다. 하하하."

주인 말대로 그 사람은 행복했어. 누군지 얼굴도 모르는 사람이 자

신의 밥값을 내주었으니 말이야. 그래서 그 사람도 뒤에 오는 사람,

누군지 얼굴도 모르는 사람을 위해 미리 밥값을 내주었지.

사실 그 음식점 주인은 전부터 행복하게 사는 방법이 없을까 궁리

를 했대. 그래서 맨 처음 손님 밥값을 주인이 내주고, 그 취지를 말

해 주면 대부분의 사람들은 뒤 사람 밥값을 미리 내주고 간대. 맨

173

마지막 손님이 밥값을 미리 내면 그날 다음 손님은 더 이상 없으니까 맨 처음 주인이 낸 음식 값이 돌아오는 거지. 그러니까 수학적으로 따지면 결과는 0이야. 앞 사람이 내건 뒤 사람이 내건 어차피 음식 값은 지불된 거니까. 하지만 그렇게 함으로써 생기는 선행善行과 행복감은 돈으로 계산할 수 없을 만큼 값지고 귀한 거 아니겠어.

똑같은 돈을 주고도 제 배만 불리는 것과, 자신의 배도 불리고 남의 배도 불리고 더불어 행복감도 듬뿍 얻어 가는 것, 어떤 것이 더 좋은지는 두말하면 잔소리겠지?

그게 우리들의 규칙이야. 우리들 삶의 규칙. 더불어 행복. 그 규칙만 지키면 행복해지기는 정말 쉬운 일이야.

영원한 네 편으로부터

공부 방해꾼 물리치기

드디어 여름 방학이 시작되었다. 아, 얼마나 기다렸던 방학인가!

현지는 이번 여름 방학에 그동안 못 했던 컴퓨터 게임을 질리게 할 작정이었고, 텔레비전도 밤늦게까지 볼 계획이었다. 인터넷 서핑도 마음대로 할 것이다. 다음 날 학교 갈 걱정은 안 해도 되니까.

다른 애들은 밀린 공부를 보충한다거나 선행 학습을 해서 성적 올릴 절호의 기회로 삼을 테지만, 현지는 달랐다. 공부보다는 놀이에 더 관심이 있었다. 공부는 언제든지 할 수 있다.

하지만 놀이는 방학 때 아니면 할 수 없다. 학교에서 방학을 하는 이유는 다 거기에 있다. 실컷 놀라고. 공부 따위 훌훌 털어 버리고, 학교 같은 거 다 잊고 재미있게 놀라고.

현지는 방학용 생활 계획표를 새로 짰다. 실천하기 참 쉬웠다. 이 때만큼 생활 계획을 잘 지킨 적이 없었다. 현지는 누구보다도 규칙적인 생활을 하는 바른생활 소녀가 되었다. 할머니가 방학용 생활 계획표를 들여다보시곤 어이가 없다는 듯 웃었다.

"방학이라고 죄 놀고 먹고 자는 거 투성이로구나."

친구들과도 실컷 놀 계획이었으나 애들은 학원 다니느라 어떻게 된 게 학교 다닐 때보다 더 시간이 없었다. 그 애들한테 방학은 하나 마나였다.

덕분에 현지도 집에서 혼자 놀 수밖에 없었다. 자연스럽게 컴퓨터 게임이나 인터넷 서핑 하는 시간이 늘어났다. 아침 먹고 컴퓨터 게임, 점심 먹고 인터넷 서핑, 저녁 먹고 친구들 SNS 염탐하기 등 해도 해도 질리지 않았다. 하면 할수록 더 하고 싶고, 더 깊이 빠져 들어갔다.

어떤 날은 낮 12시가 넘어서 일어나는 적도 있었다. 그럴 때는 팔다리가 뻣뻣해서 잘 움직여지지 않았다. 손가락도 아프고, 어깨도 결리고, 뒷목도 뻐근하고, 눈까지 흐릿해서 마치 할머니처럼 걸어야 했다.

동해로 피서를 떠날 때도 노트북을 가져갔다. 할머니는 오래 차를 타면 멀미 나고 힘들다며 마다하셨지만 아빠가 억지로 모시고 갔다.

바다에서 수영도 하고, 조개도 줍고, 빙수도 먹고, 모래장난도 하고……. 햇빛 쨍쨍 내리쬐는 여름날의 바닷가는 신나고 즐거웠다.

밤이면 몸이 노곤해서 하품이 수백 번도 더 나오고 누우면 바로 잠들 것 같았는데도 감기는 눈을 억지로 뜨고 인터넷 서핑은 꼭 해야 했다. 꾸벅꾸벅 졸다가 아빠에게 한소리를 듣고서야 아쉬워하며 잠자리로 가기도 했다.

집으로 돌아와서도 현지는 노트북 앞에서 살았다. 그 때문인지 꿈을 꾸기도 했다. 직접 게임 속 아바타가 되어 사악한 무리를 없애고 암흑의 시대를 평정해 나가거나, 아이템을 엄청나게 얻어서 그야말로 짜릿한 쾌감을 느낌과 동시에 레벨이 급상승되거나 하는 꿈이었다.

종횡무진 게임 속을 누비고 다니고 있을 때였다. 귀에 익은 웃음소리가 들려왔다. 아빠와 엄마 그리고 현중이, 셋이 모여 재미있게 놀고 있었다. 현지만 빼놓고! 현지는 샘이 나서 당장에 그곳으로 달려가려고 했다. 하지만 무언가에 크게 부딪쳐 넘어지고 말았다. 일어나 살펴보니 투명한 유리벽이 앞을 가로막고 있었다. 현지는 유리벽에 손바닥을 찰싹 붙이고 소리쳤다.

"엄마! 아빠! 현중아!"

아무도 이쪽을 돌아보지 않았다. 식구들의 웃음소리는 더욱 커지고 있었다. 현지는 주먹으로 쾅쾅 유리벽을 두드리며 외쳤다.

"뭐 하는 거야? 나 여기 있다고!"

그제야 엄마가 고개를 돌렸다. 현지가 반갑게 엄마를 불렀다. 엄마가 다가왔다.

"엄마, 나야. 나 현지야."

엄마는 유리벽을 보더니 고개를 절레절레 흔들며 말했다.

"누가 컴퓨터를 켜 놨지?"

그러더니 유리벽의 아래 버튼을 꾹 눌렀다. 엄마가 손을 내민다고 생각한 현지도 손을 내밀었다. 그러나 갑자기 유리벽이 깜깜해지면서, 순식간에 모니터 화면이 꺼졌다.

"안 돼!"

두 손을 버르적거리며 몸부림치던 현지의 눈이 번쩍 뜨였다. 앞이 하나도 보이지 않을 만큼 어두웠다. 현지는 재빨리 머리 위로 손을 쭉 뻗었다. 스탠드 불이 환하게 들어왔다.

"꿈이었구나."

현지는 이마의 땀을 닦았다. 꿈에서 현지는 컴퓨터에 들어가 있었다. 게임의 주인공이 되어 있었다. 그래서 엄마가 전원 버튼을 눌렀을 때 컴퓨터 속의 현지도 어둠 속으로 사라졌던 것이다.

만약 실제로 그런 일이 일어난다면?

상상만으로도 끔찍했다. 가족끼리 재미있게 노는 모습을 보고만 있어야 하다니.

무서워서 할머니 방으로 갔다. 할머니는 곤히 주무시고 계셨다. 현지는 할머니 품으로 파고들었다.

　다음 날 현지는 문방구에서 미리 보라색 상자를 샀다. 달님이 보내 줄 편지지 색깔은 보나마나 보라색일 테니까.

　예상은 딱 들어맞았다. 탐스러운 포도송이가 주렁주렁 열린 보라 색 편지지에 현지는 컴퓨터와 텔레비전에 푹 빠져 버린 요즘 생활에 대해 적었다. 현지의 방학 생활을 이끄는 쌍두마차는 인터넷과 텔레 비전이었다. 게임에 빠져 있다가 진짜로 컴퓨터에 빠져서 결국 갇힌 꿈이 생각나 몸이 부르르 떨렸다.

　하루는 슬픈 드라마를 보고 있는데 엄청나게 슬퍼서 눈물 콧물이 줄줄 나왔다. 다 합쳐 한 1리터는 족히 흘렸을 것이다. 눈이 빨개진 현지를 보고 할머니가 웃으셨다.

　"그렇게 슬프냐?"

　"네. 주인공이 너무 불쌍해요."

　"호호호, 드라마 보면서 우는 게 엄마랑 똑같구나."

　'엄마?'

　엄마도 드라마나 영화를 보면서 곧잘 눈물을 흘렸다. 그럴 때마다 현중이랑 현지는 키득거리며 엄마를 놀려 대곤 했다.

　"슬프잖아. 주인공이 너무 불쌍해."

　울어서 코맹맹이 목소리로 귀엽게 항변하곤 하던 엄마.

　"감수성이 예민해서 그런 거야, 엄마는."

179

그리고 그런 엄마를 두둔하고 나서던 아빠.

'점점 엄마를 닮아 가고 있나?'

할머니한테 엄마를 닮았다는 말을 들은 순간 잠깐 눈살을 찌푸렸던 현지는 문득 가슴속이 텅 빈 것 같은 느낌이 들었다. 배고픈 느낌이랄까. 조그만 구멍이라도 뚫려 있는 것처럼 마음이 휑했다.

금요일 오후였다. 아빠가 주말을 외가댁에서 보낸다며 현지더러 가자고 했다. 엄마를 빼놓고 휴가를 갔다 와서 미안하고, 또 오랫동안 엄마를 만나지 못했으니까. 현중은 좋아라 날뛰며 가방을 싸러 제 방으로 뛰어 들어갔다. 늘 여름방학이면 엄마랑 함께 떠나던 여행이었다. 대신 할머니가 가셨지만 어딘가 모르게 허전했던 것도 사실이었다.

"싫어, 난 안 가. 할머니 혼자 계시잖아."

현지는 친할머니 핑계를 댔다. 왜 그 말이 먼저 튀어나왔을까.

"아유, 우리 현지가 할미 생각을 다 해 주고. 다 컸네. 내 걱정은 하지 말고 다녀와라. 너네가 다 가 주는 게 할미 도와주는 거야."

방학을 하고 나서는 아이들 뒤치다꺼리에 더욱 힘이 드셨는지 할머니는 현지의 등을 연신 떠밀었다. 현지는 억지로 입술을 내미는 척, 귀찮다는 척 또 다른 핑계거리를 꾸며 댔다.

"방학 숙제 해야 돼요. 개학도 얼마 안 남았고요."

사실이긴 했다. 개학이 며칠 남지 않았고 숙제도 잔뜩 밀려 있었다. 그러나 그것 때문에 엄마를 만나러 가지 않겠다고 고집을 부리는 건 결코 아니었다. 말 그대로 그냥 괜한 심술이고 고집이었다.

아빠는 더 이상 권하지 않고 현중이만 데리고 가 버렸다. 한 번 더 가자고 하면 어디 덧나나. 잘 갔다 오라고 마지못해 손을 흔들어 주며 현지는 속으로 투덜거렸다.

집으로 올라오기 전에 우편함을 열어 보았다. 보라색 편지는 없었다.

저녁밥을 할머니와 단둘이 먹고 나서 텔레비전을 보았다. 현지가 좋아하는 프로그램을 하고 있었으나 눈에 잘 들어오지 않았다.

"할머니, 아빠한테 전화 안 해 봐요?"

현지는 슬쩍 할머니 눈치를 봤다.

"아까 전화 왔잖니? 잘 도착했다고."

"아니, 그냥 지금 뭐 하고 있는지 궁금해서……."

"정 궁금하면 네가 한 번 해 보렴."

"으악, 저 사람은 저게 뭐야? 촌스럽게."

현지는 텔레비전 화면을 보며 급하게 말을 돌렸다.

잠시 뒤 아무래도 현지는 궁금증을 참을 수가 없어서 아빠의 휴대폰으로 전화를 걸었다. 아빠는 신호가 한참 울린 다음에야 전화를 받았다. 전화기 너머로 왁자지껄한 소리가 들려왔다. 사촌들이 다 모였다는 것이다.

"응, 현지야, 너도 왔으면 좋았을 뻔했구나. 엄마는 잘 계셔."

'치, 누가 물어봤나?'

현지는 뾰루퉁 입술을 내밀었다.

"외할머니 보고 싶다고 전해 줘, 아빠."

"그러게 같이 오자니까."

"현중이 좀 바꿔 줘."

"현중아! 누나가 바꾸래."

"와하하하."

"야, 너 그렇게 하면 반칙이야."

"현중아, 누나야."

"아이 참, 나 지금 중요한 타임인데, 안 돼. 어! 형, 그런 법이 어디 있어!"

"와하하하. 어디긴 어디 있어? 여기 있지."

동생과 사촌들의 웃음소리가 전화기를 통해 들려왔다.

"현지야, 현중이가 지금 전화를 받을 수 없을 것 같은데, 어쩌지?"

"쳇, 됐어 그럼."

"현중이한테 뭐 할 말 있어? 아빠가 대신 전해 줄까?"

"아냐, 끊을게."

전화기를 내려놓는 현지의 속은 땡감을 먹었을 때처럼 떫었다.

주말이라고 참 시시하고 재미없었다. 현지는 정민이네 집으로 가

봤다. 벨을 아무리 눌러도 감감소식이었다. 전화를 했더니 아빠랑 시골에 와 있다고 했다.

"모두들 내 곁에 없구나."

현지는 한숨을 포옥 내쉬었다.

편지는 아직도 오지 않았다. 다른 때 같았으면 벌써 오고도 남았을 텐데 이번엔 좀 늦는다. 현지가 고민 상자를 만들면 대략 일주일 안으로는 왔다. 현지는 수시로 아파트 현관까지 내려와 우편함을 들춰 보았다. 서너 번 허탕을 쳤을 때 '찌질이'라는 단어가 문득 떠올랐다. 놀아 줄 사람이 없어 하릴없이 왔다 갔다 하는 한심한 찌질이 소녀.

어영부영 주말이 흘러가고 일요일 오후가 되었다. 텅 빈 우편함을 확인하고 실망하고 있을 때 휴대폰이 울렸다. 아빠였다. 외할머니가 선물을 잔뜩 싸 주셨다며, 내려와 같이 들어 달라고 했다. 현지는 집에 도착한 엘리베이터를 그대로 타고 다시 내려왔다.

"뭐가 이렇게 많아?"

차에서는 끝도 없이 보따리가 내려졌다.

"외할머니가 잔뜩 싸 주셨어."

친할머니에게 드리는 선물도 한 아름이었다. 현중이는 그새 살이 더 찐 것 같았다.

"야, 너 감히 누나 전화를 씹어?"

현지는 통통한 현중의 엉덩이를 발로 걷어찼다.

"아야. 아빠, 누나가 막 발로 차."

현중이가 아빠 뒤로 숨고서는 혀를 날름 내밀었다.

"오늘은 이 누님께서 봐주신다. 나머지는 네가 다 들고 와."

현지는 보따리 가운데 가장 작고 가벼운 걸로만 골라서 먼저 엘리베이터를 타고 올라왔다.

"아유, 이게 다 뭐냐?"

할머니가 선물 보따리를 안고 함박웃음을 지었다.

"사부인께서 뭔 선물을 이렇게 많이 보내셨누? 고맙다고 아범이 대신 전화 좀 드려라."

할머니는 주섬주섬 보따리를 풀어 정리했다.

"참, 현지야, 이거."

아빠가 주머니에서 뭔가를 꺼내 내밀었다.

"우편함에 있더라."

구겨진 편지를 건네받으면서 현지는 고개를 갸우뚱했다. 우편함? 좀 전에 내가 열어 봤을 땐 없었는데?

"우리 집 우편함?"

"그럼 옆집 우편함이겠니?"

아빠는 재미있는 농담이라도 했다는 양 껄껄 웃고는 방으로 들어갔다.

이상했다. 분명 아까 현지가 봤을 때는 없던 편지였다. 그새 누군가 다가와서 편지를 넣어 놓고 갔다.

편지 봉투의 색깔은 역시 무지개의 마지막 색깔인 보라색이었다. 이로써 무지개가 완성되었다. 현지는 장식장 위에 있는 일곱 개의 상자들 밑으로 일곱 통의 편지를 놓아 보았다.

오래 기다렸지? 이제야 일곱 번째 열쇠를 보내.

오늘은 고르디아스의 매듭에 대한 얘기를 들려줄게.

프리기아의 왕 고르디아스는 신전 기둥에 마차를 꽁꽁 묶어 놓고 "이 매듭을 푸는 사람이 세상을 제패하리라"는 예언을 했어. 매듭이 어찌나 견고하게 묶였던지 수백 명이 도전했지만 아무도 풀지 못했지.

마침 원정길에 들른 알렉산더 대왕은 이 매듭을 보고는 단칼에 자르며 외쳤어.

"이렇게 풀면 되잖아. 너무 쉽군."

그리고 훗날 알렉산더 대왕은 세상을 지배하게 되었지.

이건 무슨 얘기일까. 때론 단칼에 베어 버리는 과감한 도전 정신이 필요하다는 뜻이야.

계획을 세우고 실천을 하려고 할 때는 으레 방해꾼이 나타나기 마련이지. 현지도 많이 겪었을 거야. 맘잡고 공부하려고 책상 앞에 앉았는데 어느새 딴짓하고 있는 내 모습을 말이야.

그런 식으로 나를 골탕 먹이는 녀석들을 몽땅 잡아 보자고.

첫째, 휴대폰. 메신저야말로 야금야금 시간을 파먹는 괴물이지.

둘째, 컴퓨터. 한번 발을 들여놓으면 빠져나오기가 쉽지 않아. 지독한 공부의 천적이야.

셋째, 텔레비전. 늘 켜져 있어서 그것이 기계인지도 모를 정도로 친근한 바보 상자.

이 세 가지 성적 도둑들은 늘 현지를 유혹하고 있어. 힐끔 눈길만 주어도 마치 귀신에 홀린 것처럼 정신줄을 놓쳐 버리고 그 속으로 풍덩 빠지기 일쑤지. 그 쓸데없는 재미에 질질 끌려다니며 시간을 허비해 버리고서는 매번 후회를 되풀이해.

이럴 때 필요한 건 뭐?

단칼에 베기. 고르디아스의 매듭을 베어 버린 알렉산더 대왕처럼, 현지를 유혹하는 녀석들을 몽땅 쫓아내는 거야.

1. 방에 있는 컴퓨터를 거실로 옮겨 놓는다. 특히 노트북은 거실의 한 장소를 지정하여 그곳에서만 한다. 시간도 정해 놓는다.

2. 텔레비전 시청 시간을 정해 놓는다. 딱 그거만 보고 일어나기.

3. 휴대폰으로 쓸데없는 메시지를 주고받지 않는다.

재미도 적당히 즐겨야 해. 이제는 더 이상 저 녀석들에게 노예처럼 끌려다니지 마. 왕이 되어 저것들을 부려먹어. 현지가 주인이 되어야 해. 나는 나의 왕이며 동시에 내가 정복할 미래의 군주라는 사실을 명심해.

영원한 네 편으로부터

현지는 달님에게 물었다.

(오렌지)님의 말 : 달님이 보내 주신 편지지 무지개 색 맞죠?

(보름달)님의 말 : 알아챘어요?^^

(오렌지)님의 말 : 처음엔 몰랐는데 모아 놓고 보니까 무지개잖아요. 참 예뻐요.^^

(보름달)님의 말 : 서로 다른 색깔들이 모이면 더 아름다운 모습을 만들어 내지요. 지금 상자들이 보여요?

(오렌지)님의 말 : 네~

(보름달)님의 말 : 잠시 바라보세요.

(오렌지)님의 말 : 앗, 제 방에 무지개가 떴어요! ^^

(보름달)님의 말 : 그 상자 안에 들어 있는 게 뭐죠?

(오렌지)님의 말 : 제 고민거리죠 뭐.

(보름달)님의 말 : 근데 예뻐요?

(오렌지)님의 말 : 헉. 아니, 그건 아닌데요. 그냥 상자가 예쁘다는 말이었어요 ㅠㅠ

(보름달)님의 말 : ㅋㅋ 슬퍼하지 마요. 고민거리가 진짜로 무지개처럼 아름다워질 수
도 있으니까요.

(오렌지)님의 말 : 네? 어떻게요?

(보름달)님의 말 : 도마뱀의 짧은 다리가 날개 돋친 도마뱀을 태어나게 한다. 이건 최승
호 시인의 「인식의 힘」이라는 시예요.

(오렌지)님의 말 : 멋있는 말 같아요.

(보름달)님의 말 : 오렌지님의 일곱 개의 상자도 마찬가지예요. 상자 안에 들어 있는 건 유
혹의 씨앗들이죠. 그 씨앗을 어떻게 다스리느냐에 따라 골칫거리가 상
자의 색처럼 정말로 오렌지님 인생의 무지개가 될 수 있어요. 마치 숏다
리 도마뱀에게서 날개 달린 도마뱀이 태어나는 것처럼 말예요.

(오렌지)님의 말 : 무슨 말인지 잘 모르겠어요.

(보름달)님의 말 : 오렌지님이 고민 상자에 담은 건 아마도 목표를 이루기 위한 노력을 방해
하는 유혹들일 거예요. 그 유혹을 이겨 내기 위해서 상자에 담은 거죠?

(오렌지)님의 말 : 네.

(보름달)님의 말 : 사실 혼자서 그 유혹들을 이기거나 떨쳐 내기는 힘들어요. 그럴 때 도와
주는 사람이 있다면 참 고맙겠죠? 그런 사람을 조력자, 영어로 하면 '페

188

이스메이커라고 불러요. 주위에 페이스메이커가 많이 있어서, 오렌지님의 페이스를 조절해 주고 유지할 수 있도록 도와주면 목표에 도달하기는 좀 더 쉬워질 테죠. 원래 페이스메이커는 마라톤에서 선수의 페이스를 유지하게 하기 위해서 같이 뛰어주는 사람을 지칭하는 말이죠.

(오렌지)님의 말 : 네, 알아요.

현지는 고개를 끄덕거렸다. 처음 정민이가 이 사이트를 소개해 주면서 페이스메이커 얘기를 했던 게 기억났다. 그리고 아빠에게서 들었던 얘기도.

(보름달)님의 말 : 사람은 누구나 유혹에 흔들리고 쉽게 넘어가요. 모든 성공하는 사람들도 처음부터 성공만 했던 것은 아니에요. 그들에게는 유혹에 흔들릴 때마다, 힘들어할 때마다 곁에서 도와주는 사람, 즉 페이스메이커가 있어요. 넘어지더라도 페이스메이커의 도움을 받아 다시 일어설 수 있었던 거죠. 살아가다 보면 사람은 넘어지게 돼 있어요. 신이 아니니까요. 그때 다시 일어나는 사람이 성공하는 사람이고, 일어나지 않는 사람을 실패자라고 흔히 말하죠. 그러니 페이스메이커가 얼마나 중요한 존재인지 알겠죠?

(오렌지)님의 말 : 네.

(보름달)님의 말 : 일곱 개의 상자가 정말로 무지개가 되느냐 마느냐는 바로 페이스메이

커가 있느냐 없느냐에 달려 있답니다.

(오렌지)님의 말 : 저에겐 달님이 페이스메이커인 것 같아요.

(보름달)님의 말 : ㅋㅋㅋ 제 생각엔 오렌지님에게 편지를 보내 주는 사람이 페이스메이

커인 것 같은데요.

(오렌지)님의 말 : 편지를 보내 주는 사람이요?

(보름달)님의 말 : 네 ^^

영원한 현지의 편이라는 그 사람이 페이스메이커?

현지는 그 사람이 누구인지 더욱 궁금해졌다. 꼭 보고 싶었다. 만

나면 고맙다고 꾸벅 인사할 것 같았다. 아마 그 사람은 현지의 수호

천사가 아닐까?

꼴찌에게는 없고
1등에게는 있다!

할머니가 결국 병원에 입원하셨다. 하늘은 푸르고 밤이면 꽤 서늘한 바람이 불었지만 낮엔 아직 한여름처럼 더운 가을날이었다.

현지는 병원 침대에 누워 계신 할머니의 손을 꼭 잡았다. 바스락, 하고 낙엽 부서지는 소리가 들릴 것처럼 할머니는 바짝 야위었다.

"할머니, 괜찮으세요?"

현지가 조그맣게 물었다. 집에 계실 때는 몰랐는데 환자복을 입고 힘없이 누워 있는 할머니는 마치 아기처럼 작고 연약해 보였다.

"괜찮아. 학교는 어쩌고 왔누?"

그렇게 쩌렁쩌렁한 목소리는 다 어디 갔는지. 언제나 힘이 넘치게 집 안을 들었다 놨다 하며 청소며 정리를 하던 할머니였는데. 현지는

191

눈물이 핑 돌았다.

"엄마 때문이야."

현지는 퉁명스럽게 내뱉었다. 엄마만 아니었다면 할머니가 현지네 와서 고생을 안 하셔도 됐고, 그럼 입원하지 않아도 되었을 텐데. 이게 다 집을 나가 버린 엄마 탓이었다.

"아니다, 현지야. 그렇게 생각하면 못써."

"그렇잖아요? 엄마가 있었다면 할머니가 힘들게 일하실 필요가 없 잖아요."

"할민 일한 거 별로 없어. 엄마가 다 했는걸."

"엄마가 어떻게요? 외할머니 댁에 있는데."

"매일 와서 일을 했지. 하루도 안 빠지고. 니네가 학교에 안 가는 날만 빼고 말이야."

현지는 깜짝 놀랐다.

"엄마가 매일 집에 왔었다고요?"

할머니는 고개를 끄덕거렸다. 엄마는 현지와 현중이가 학교에 가면 9시나 10시쯤 매일 집으로 왔단다. 와서는 설거지, 청소, 빨래를 했고 할머니랑 미용실에도 다니고 사우나도 하고 마트에도 갔단다. 점심을 맛있게 먹고, 저녁까지 준비해 놓고는 현지랑 현중이가 들어오기 직전에 외할머니 댁으로 돌아가곤 했다는 것이다.

"할머닌 다 안다. 현지 너랑 엄마랑 사이가 안 좋다는 거. 현지야,

엄마한테 그러면 안 돼. 엄마가 가족을 얼마나 생각하는데. 내 예전 일 생각하면 느이 엄마한테 참 미안하고 고맙고⋯⋯."

그러면서 들려준 얘기는 정말 놀라웠다.

현지가 세 살도 채 되지 않았고, 엄마가 현중이를 낳은 지 얼마 되지 않았을 때였다. 아기를 낳으면 엄마들은 몸조리를 잘해야 한다. 그런데 엄마는 그럴 수가 없었다. 갑자기 닥쳐온 경제 위기로 현지네 아빠가 직장을 그만두었기 때문이다.

새 직장을 얻으려고 새벽부터 밤까지 쫓아다녔지만 아무런 소득이 없었다. 아빠는 돈을 벌지 못했다. 집에서는 귀엽게 옹알이를 하는 딸아이와 젖먹이 아들 그리고 해산한 지 얼마 되지 않은 아내가 기다리고 있었다. 인형은커녕 미역도 분유도 살 수 없는 아빠는 눈물을 흘리지 않으려고 이를 악물어야 했다.

하루하루가 괴로운 나날이었다.

며칠을 억지로 견디다가 엄마가 자리를 박차고 일어났다. 직장을 구하겠다고. 아빠가 말렸지만 엄마는 듣지 않았다. 두 아이를 위해서라도 돈을 벌어야 한다고 이미 결심한 터였다.

엄마는 곧 취직을 했고, 현지가 초등학교에 입학하기 전까지 직장에 다니며 현지네 가족을 먹여 살렸다.

"느이 엄마가 얼마나 사랑받으면서 곱게 자랐는지 너 모를 거다. 거기 삼촌들 많잖아?"

외삼촌은 무려 다섯이나 된다.

"막내딸로 태어났으니 얼마나 예뻐들 했겠니? 온 식구의 사랑을 독차지했지. 예쁘고 애교 많고 공부도 잘했다는구나. 느이 아빠 만나기 전까지도 큰 회사에 다녔어. 월급도 아마 느이 애비보다 많았을 거다. 결혼해서 너 낳고 현중이 낳을 때까지 참 좋았지. 그러던 것이 내 아들이 직장을 잃는 바람에 그만…… 느이 엄마 아니었으면 식구들 모두가 거리로 내몰렸을 거야. 아유, 난 그때 생각하면 아직도 심장이 벌렁거린다."

할머니가 가슴에 손을 대고 크게 숨을 쉬었다.

현지는 전혀 모르던 사실이었다. 처음 듣는 얘기였다. 문득 다른 집 엄마들처럼 엄마도 직장에 다녔으면 좋겠다고 원망했던 일이 떠올랐다. 한 번도 직장이라곤 다닌 적이 없는 무능한 사람이라고만 잘못 알고 있던 엄마가 실은 직장에 다니면서 온 가족을 먹여 살렸다니.

"엄마가 너한테 잘하려고 얼마나 노력했는지. 무슨 책도 보고 어떤 사람한테 물어보기도 하고 그랬다는구나. 집에 오면 꼭 네 방부터 둘러봤어. 그러면서 나한테 현지 요즘 어떠냐고 물어보고. 미안하다고, 걱정된다고, 울기도 했단다."

현지는 고개를 떨어뜨렸다. 머릿속이 마구 복잡해졌다. 어떻게 몇 달 동안 감쪽같이 그럴 수가 있을까. 현지에게 들키지 않으려 몰래 몰래 집안일을 하고 다녔을 엄마를 생각하니 가슴이 울렁거리면서 콧날이 시큰해지려 했다.

"거 편지도 다 엄마가 보낸 거야."

"네? 엄마가요?"

"그려. 어미가 딸 곁에서 돌봐 주지를 못하니까 편지로라도 도와주 겠다고 나선 거야."

그제야 수상한 편지의 비밀이 풀렸다. 영원한 현지의 편이라는 사람은 바로 엄마였다!

언젠가 책상 위에 놓인 편지를 보고 물었을 때, 할머니가 무슨 말 인가를 하려다가 황급히 입을 다물었던 기억이 났다. 엄마가 놓고 간 거였기 때문에 그랬던 것이다.

"전 까맣게 몰랐어요."

"엄마가 신신당부를 했어. 현지 너 절대 모르게 해 달라고."

"아빠는요? 아빠도 아셨죠?"

물어보나 마나였다. 구겨진 보라색 편지를 주머니에서 꺼내 줄 때 어쩐지 좀 수상쩍었다. 분명 우편함을 보고 올라온 길이었는데 그새 편지가 왔을 리는 없었다. 외할머니 댁에서 엄마한테 편지를 받아 왔 던 것이다.

"치, 다들 너무해. 아무리 그래도 그렇지."

"그게 다 널 위해 그런 거야. 요즘엔 자식 농사짓기가 여간 힘들지 않아. 우리 땐 그저 내다 놓으면 지들끼리 잘 커 줬구먼."

뚱뚱하고 살짝 멍청하다고 여겼던 현중이까지도 엄마가 집에 드나드는 걸 알고 있다고 했다. 모두가 한통속이었던 것이다.

그렇다고 기분이 나쁘거나 하지는 않았다. 천만에. 오히려 고마울 따름이었다. 현지도 안다. 엄마에게 못되게 굴었다는 것을. 그런데도 엄마는 자신을 위해 그렇게 애를 썼다. 온 가족이 한마음으로 똘똘 뭉쳐 현지를 생각해 주고 있었다. 식구들에게 깊은 사랑을 받고 있다고 깨닫자 현지는 자신이 더없이 운이 좋은 아이라고 생각했다.

의사 선생님과 상담을 마치고 아빠가 엄마와 함께 병실로 돌아왔다.

"현지야."

"어, 엄마."

현지는 조그맣게 중얼거리고 아랫입술을 지그시 깨물었다. 몇 달 만에 만나는 엄마인가?

엄마가 주뼛거리며 현지 곁으로 다가왔다. 서먹한 것 같기도 하고, 낯선 것 같기도 했다. 기분이 이상했지만 한 가지 확실한 건 엄마를 보니 좋다는 것이다.

"에미야, 내가 다 얘기했다."

"어머니……."

"현지도 다 알아야 해."

196

"죄송해요, 어머니."

"죄송하긴, 네가 고생 많았지."

할머니랑 엄마가 두 손을 맞잡았다. 할머니가 멀뚱멀뚱 서 있는 현지의 손을 끌어당겼다. 엄마의 손이 닿았다. 오랜만에 만져 보는 엄마의 손. 여전히 따뜻했다. 엄마가 현지의 손을 꽉 잡았다. 아플 정도로 쥐어지자 현지의 가슴이 느닷없이 뭉클해졌다.

"엄마……."

현지는 조그맣게 불러 보았다. 목이 메었다. 언제 불러도 가슴 저린 그 이름. 엄마는 영원히 그리운 이름이었다.

세 사람은 한참이나 서로의 손을 꼭 맞잡고 있었다.

할머니는 심장이 좋지 않아서 시술을 받아야 한다고 했다. 수술보다는 좀 더 간단한 시술이어서 크게 걱정할 일은 아니라고 했다. 불규칙적으로 뛰는 심장을 규칙적으로 뛰게 도와주는 심장박동조절기를 심장 근처에 붙이는 거라고 했다.

다행히 시술은 무사히 끝났다. 현지는 새로운 사실 하나를 알았다. 심장박동조절기를 바로 '페이스메이커'라고 한다는 것이다. 마라톤할 때 도와주는 사람을 말하는 그 페이스메이커랑 단어가 똑같아서 신기하게 여겨졌다.

할머니는 다시 건강을 되찾았다. 교회나 성당에 다니지도 않는 현지의 입에서 "하느님, 감사합니다!" 소리가 저절로 흘러나왔다.

엄마 아빠가 할머니를 모시고 집으로 돌아왔다. 엄마는 할머니의 빠른 회복을 위해 음식을 만들었다. 온 식구가 식탁에 둘러앉아 밥을 먹는 것이 도대체 얼마 만이던가. 현지는 새삼 가족이 함께 모여서 밥 먹는 일이 참 소중하다고 생각했다.

현지는 엄마에게 편지 얘기를 묻지 않을 수 없었다. 아직도 풀리지 않은 의문점이 남아 있었다. 어떻게 달님이 보내 준 편지지 색깔과 똑같은 색의 편지를 보낼 수 있었는지, 내용 또한 어떻게 같은 것일 수 있었는지 말이다.

"음, 정민이가."

"정민이?"

엄마는 떨어져 지내는 딸이 궁금해서 가장 친한 친구인 정민이에게 도움을 요청했다고 한다. 그랬더니 정민이가 사이트 '셰르파'를 알려 주더란다. 결과적으로 보면 엄마와 현지가 그 사이트에 가입한 것은 거의 비슷한 시기였다.

현지가 사이트 운영자인 달님에게 쪽지를 보냈던 것처럼 엄마도 달님에게서 도움을 받았다고 했다. 달님이 현지에게는 무지개 편지지를 보내 주었고, 엄마에게는 진솔한 마음을 담은 무지개 편지를 딸아이에게 보내 보라고 조언을 했단다.

물론 달님은 현지와 엄마가 모녀 사이라는 걸 몰랐지만, 하늘의 천사가 도운 걸까. 엄마와 딸은 그렇게 연결이 되어 있었던 것이다. 이걸 보고 떼려야 뗄 수 없는 사이라고 할 수 있지 않을까.

"그럼 내용은? 그건 어떻게 알았어?"

처음엔 우연의 일치였단다. 현지의 씀씀이가 너무 헤퍼서 그거에 대한 충고나 조언을 담아 첫 편지를 보냈다고 했다. 그게 우연찮게 내용이 맞아떨어진 거라고.

그다음엔 현지의 방에서 빨간 상자와 주황 상자를 발견했고, 거기에 담긴 고민을 엄마가 알게 되었다. 이 얘기를 할 때 엄마는 매우 조심스러워했고 미안하다고 여러 번 사과했다. 몰래 현지의 물건을 뒤지고 훔쳐본 것이니까.

"다른 건 절대 손도 안 댔어. 열어 보지도 않았고. 맹세해."

살짝 긴장한 표정의 엄마. 현지는 마음이 누그러졌다. 딸을 위한 엄마의 노력이라 이해되었다.

딸애의 고민을 눈으로 확인한 엄마는 가만히 있을 수가 없었다. 고민을 해결하기 위해 책을 보고 인터넷을 뒤져 보고 딸애에게 맞는 방법을 찾아냈다. 그리고 우편함에 넣어 두었다. 일곱 색깔 무지개 편지는 그런 식으로 완성되었다.

"정민이, 이 기집애!"

가장 친한 친구가 어떻게 엄마를 만났다는 얘기를 하지도 않고 감쪽같이 모르는 척을 할 수가 있을까. 깜찍한 첩자 역할을 한 정민이를 만나면 꿀밤이라도 한 방 달콤하게 먹여야지 생각했다. 물론 고마운 마음을 담아서.

현지는 정민이에게 고맙다고 말했다. 친구끼리 그런 말을 하기 왠지 쑥스러웠지만 그건 진심이었다.

"다행이야."

현지로부터 모든 사정을 전해 듣고 정민이가 눈물을 글썽거렸다. 애는 감성이 풍부한 걸까. 엄마 얘기를 할 때마다 툭하면 눈물을 보이는 정민이가 현지는 늘 의아했다.

알고 보니 정민이 부모는 이혼을 했고, 지금 아빠랑 단둘이 살고 있다고 했다. 현지의 엄마가 친정으로 가자 정민이는 혹시 현지네도 이혼하는 게 아닌가 걱정이 되었다고. 그래서 현지에게 현지네 엄마와 연락을 주고받는다는 얘기를 일부러 감추고서라도 도움을 주고 싶었다고.

현지는 가슴이 턱 막히는 것 같았다. 친구가 되어서 정민이를 몰라도 너무 몰랐다는 생각에 미안했다. 항상 엉뚱하고 명랑하기만 한 정민이가 그렇게 커다란 아픔을 가슴에 숨기고 있었는지 정말 몰랐다. 어찌 보면 자신이 더 힘들고 아플 텐데도 친구를 위해서 마음을 써 준 정민이였다. 현지는 정민이에게 진한 우정을 느꼈다.

추석이 되었다. 올 추석은 친척들이 현지네 집으로 왔다. 친할머니가 집에 계시기 때문이다. 할머니가 예전처럼 건강을 되찾았지만 아직은 조심해야 했다.

"엄마, 뭐 도와줄 거 없어?"

현지가 앞치마를 둘러 입고 나섰다.

"나도 도와줄게, 엄마."

현중이도 덩달아 나섰다.

엄마는 빙그레 웃으며 두 아이에게 할 일을 나눠 주었다. 현지는 엄마가 알려 준 대로 마늘을 까고 파를 다듬는 등 자질구레한 일들을 군소리 없이 했다. 이전 같으면 "내가 그딴 거 왜 해?" 하며 제 방으로 쏙 들어가 버리던 현지였다. 엄마는 서툰 손을 놀리며 열심히 일을 하는 현지를 그윽하게 쳐다보았다.

딸 현지는 어느새 어른이 되어 가고 있었다. 못 보던 사이 키만 훌쩍 커 버린 게 아니었다.

"자녀의 인생이 길어질수록 부모의 인생은 그만큼 짧아진다."

엄마가 안식년을 가지라는 아빠의 제안을 선뜻 받아들인 이유는 바로 그것이었다. 짧아지는 부모의 인생 때문이 아니라 길어지는 아이들의 인생 때문이었다. 더 늦기 전에 긴 호흡으로 아이들을 위해 살기 위해서. 이쯤에서 잠시 쉬면서 자신을 되돌아보고, 무엇을 잘못했고 무엇을 잘해 왔는지 평가해 보는 시간이 필요했다.

친정으로 돌아온 엄마는 지나온 자신의 삶을 되돌아보았다. 과거

'가난'이라는 혹독한 시련을 맛보았던 경험은 엄마에게 잊을 수 없는 상처를 남겼다. 내 자식들만은 기필코 보란 듯이 잘살게 만들고야 말리라. 남들을 밟고서라도 우뚝 서게 만들리라. 모진 결심을 하고서 맹렬하게 달려온 시간들이었다.

그러나 여러 가지 책도 읽고 전문가의 조언을 들으면서 엄마는 서서히 의구심이 들었다. 남들이 무작정 뛰고 있는 시류에 휩쓸려 자신도 덩달아 뛰고 있지 않은지. 어디를 향해 달리고 있는 것인지.

엄마는 몸을 부르르 떨었다. 그 치열한 경쟁에서 승리를 얻기 위해 가족을 희생양으로 삼으려 했다는 서늘한 자각 때문이었다. 그제야 비로소 단지 불안감과 초조함 때문에 온 식구까지 경쟁의 소용돌이에 몰아넣으려 했었음을 깨달았다. 남들에게 뒤처지지 않을까 하는 조바심에 사로잡혀 자신의 목표가 아닌 남이 세운 목표를 향해 미친 듯이 악을 쓰며 달려가려고 했음을.

"다 너의 인생을 위해서 그런 거야!"

현지에게 하던 그 말은 정말이었을까. 어쩌면 엄마 자신의 체면을 위해서 혹은 남들에게 자랑하기 위해서 혹은 스스로의 만족감을 위해서는 아니었을까……. 보란 듯이 잘살고 싶어 하는 이유가 '잘살고 싶다'에 있는 것이 아니라 바로 '보란 듯이'에 있는 것은 아니었는지…….

가족을 위해서 희생하고 있다고 생각해 왔던 것도 실은 자신의 통

제 아래 두려 했던 것이고, 그래서 말 잘 듣는 착한 남편과 아이로 만들어서 시키는 대로 그저 움직여 주기만을 바랐던 것이었음을 엄마는 아프게 깨달았다.

현지에게 일곱 통의 편지를 쓰면서 엄마는 그것이 자신에게도 필요한 내용이라고 생각했다. 엄마 역시 부모이기 이전에 실수를 하는 사람이었다. 그래서 누군가의 도움이 절실히 필요했다. 지나칠 때는 깎아 주고, 부족할 때는 채워 주는 그 누군가. 정민이가 소개해 준 사이트는 바로 그 누군가의 역할을 톡톡히 해 주었다. 엄마는 현지에게도 그런 역할을 해 주고 싶었다.

산다는 것은 이를 악물고 온 열정을 한꺼번에 폭발시키며 목표를 향해 죽을힘을 다해 달려가는 단거리 경주가 아니라, 한없이 지루하고 도무지 끝이 보이지 않는 길고 긴 장거리 경주다. 오늘 하루 달리고 말 일이 아니다. 오늘도 달리고 모레도 달리고 글피도 달리고 그리고 그다음 날도 계속해서 달려 나가야 한다. 삶이 끝나는 날까지 자신의 길을 갈 수 있도록 도와주는 것. 엄마는 인생에서 부모의 역할이란 결국 그와 같은 것이라는 깨달음을 얻었다. 언제까지나 함께 달려 주고 영원히 응원하는 사람이 곁에 있다면 지루하고 힘겨운 인생길도 그리 힘들지만은 않으리라.

엄마는 꼬물꼬물 움직이는 아이들을 바라보았다. 세상에서 가장 아름답고 소중한 아이들이었다. 그 무엇과도 바꿀 수 없는 보물 가운데

보물이었다. 아이들과 한데 어울려 음식을 만들고 그 음식을 나눠 먹는 일보다 더 기쁜 일이 있을까. 엄마는 현지에게 고마움을 느꼈다. 현지와의 갈등이 없었다면 형편없는 엄마로 남았을 텐데, 역설적으로 현지의 반항 덕분에 자신의 잘못을 고칠 수 있었던 것이다. 지난 몇 달간 떨어져 지내는 동안 엄마는 가족과 함께하는 시간이 그 무엇보다 소중함을 절실하게 깨달았다. 아이들이 부모와 함께 지내는 시간이 무한하지는 않기에 매 순간은 한없이 소중했다.

한가위 밥상처럼 인생 또한 언제나 풍요롭다면 얼마나 좋을까. 저녁 설거지를 마치고 엄마는 현지를 데리고 베란다로 나갔다. 휘영청 보름달이 밤하늘을 은은하게 밝혀 주고 있었다.

"노란 보름달이 엄청 크네."

"우리 달을 보고 소원을 빌어 볼까?"

엄마가 두 손을 모으자 현지도 두 손을 모았다.

"나도, 나도."

그때 현중이가 엄마와 현지 사이를 비집고 들어왔다.

"야, 뚱뚱한 몸으로 어딜 밀고 들어와."

"헤헤, 나도 소원 빌 거야."

"그래, 우리 다 같이 보름달님에게 소원 빌자."

제법 차가운 바람이 슬쩍 팔짱을 끼고 드는 베란다에 서서 엄마랑 현지랑 현중이는 가지런히 손을 모았다.

현지는 문득 달님이 생각났다. 밤하늘에 떠서 따사롭게 노란빛을 뿌려 주고 있는 저 달님이 아니라, 사이트 운영자 달님.

오랜만에 접속을 해 보았다. 그런데 달님이 없었다. 그사이 운영자가 바뀌었다는 것이다.

(오렌지)님의 말	: 달님에게 연락할 방법이 없을까요? 전화번호라든지 이메일이라든지.
(카르페디엠)님의 말	: 미안해요. 개인 정보는 가르쳐 드릴 수가 없거든요.
(오렌지)님의 말	: 그런데 왜 갑자기 운영자가 바뀌었어요?ㅠㅠ
(카르페디엠)님의 말	: 셰르파는 등반가가 정상에 올라가도록 도움을 주면 그 역할을 다 한 거랍니다. 스스로 정상에 올라가는 게 목적이 아니죠.
(오렌지)님의 말	: 정말 달님한테 연락할 방법이 없나요? 꼭 할 말이 있어서요.
(카르페디엠)님의 말	: 개인적인 비밀이 아니라면 저한테 말하세요. 달님에게 전해 드릴게요. 어차피 이 사이트의 새 운영자는 저니까요.

현지는 새 운영자에게 그동안 있었던 일을 간단하게 설명해 주었다. 달님이 보내 준 편지지며 페이스메이커 얘기 등등.

(오렌지)님의 말	: 그런데 심장조절기를 페이스메이커라고 하잖아요. 전 깜짝 놀랐어요. 단어가 똑같더라구요.

205

(카르페디엠)님의 말 : 평소엔 그 존재를 잘 모르지만 오렌지님 곁에서 페이스를 잃지 않고 유혹을 이겨 내며 멋지게 성장하도록 도와주는 사람이 바로 페이스메이커이지요. 마라톤의 페이스메이커나 심장병 환자를 살려 내는 페이스메이커라는 단어가 똑같은 이유는요, 그만큼 우리 인생에서 페이스메이커라는 존재가 중요하기 때문이에요. 심장이 자기 속도로 뛰지 않으면 큰일 나잖아요? 우리 인생에도 페이스메이커가 있어야 인생의 심장을 자기 속도로 뛰게 만들어 줄 수 있답니다. 스스로의 의지도 중요하지만 곁에서 도와주는 사람도 중요해요. 이 세상은 혼자 살아갈 수 없고, 혼자 성공할 수는 더더욱 없거든요. 반드시 주위에 조력자가 도와주어야 성공할 수 있답니다. 우리에게 페이스메이커가 필요한 이유는 바로 그거예요.

그리고 도움을 받았으면 반드시 감사해야 한답니다. 감사하면 자신의 인성은 더욱 깊어지고 존경받는 사람이 돼요. 세상은 절대 도와주지 않습니다. 다만 그 세상을 살아가는 사람이 서로 도울 뿐입니다. 서로에게 페이스메이커가 되어 주는 거지요. 세상이 아름다운 이유는 페이스메이커가 있기 때문입니다. 사막이 아름다운 이유가 오아시스를 숨기고 있는 것과 같은 이치지요.

(오렌지)님의 말 : 저도 달님에게 고맙다고 말하고 싶어요. 그러니까 카르페디엠님께서 꼭 전해 주세요.

(카르페디엠)님의 말 : 네, 꼭 전해 드릴게요.^^

현지는 곰곰 헤아려 보았다. 알고 보면 자신의 주변에는 페이스메이커가 참 많았다.

먼저 일곱 통의 무지개 편지를 써 준 엄마. 엄마에게 받은 일곱 개의 열쇠는 세상 그 무엇보다 소중한 선물이었다. 그것만 있으면 뭐든 잘 해낼 수 있을 것 같은 기분이 들었다.

다 알면서도 모르는 척 말없이 지켜봐 주었던 아빠. 건강을 해치면서까지 현지네 일을 도운 할머니. 정민이 역시 자신의 아픔을 숨기고 도움을 주려 노력했고, 담임 선생님의 유별난 행동도 비로소 이해할 수 있었다. 태욱이도 고맙고, 멍청하다고 놀려 대기만 했던 현중이도 고마웠다. 주변엔 온통 고마운 사람들뿐이어서 현지는 행복했다. 이 모든 사람들의 도움과 사랑 한복판에 현지가 있었다.

현지는 자신도 주변 사람들에게 무지개 편지를 보내 줘서 도움을 줘야겠다고 생각했다. 그건 꽤 괜찮은 방법이었다. 누군가 자신을 지켜주는 사람이 곁에 있다고 느낄 때는 자기도 모르게 엄청난 힘이 솟고 자신감이 생긴다. 그런 느낌을 고스란히 전해 주고 싶었다. 좋은 친구가 되고, 좋은 딸이 되고, 좋은 손녀가 되고, 좋은 누나가 되어 그 사람에게 페이스메이커가 되어 보자고 결심했다.

"야, 오현중. 이 누님께서 앞으로 너의 페이스메이커가 돼 줄게."

현지가 주먹을 흔들며 소리쳤다. 그러자 컴퓨터에 몰두해 있던 현중이가 놀라 돌아보았다.

뚱보 동생 녀석을 위해 해야 할 일은 무척 많았다. 현지는 노트북을 덮고 일어나 현중이를 향해 씨익 웃고는 베란다로 나갔다.

이 밤, 수천 개의 강에 동시에 뜬 달 가운데 하나가 현지의 마음속에서 환하게 빛나고 있었다.

이 풍진 세상을 만났으니 너의 희망이 무엇이냐.

부귀와 영화를 누렸으면 희망이 족할까.

문득 이 노래 구절이 생각난 건 시리도록 파랗고 투명한 하늘을 우러른
다음이었다. 조금 더 정확히 말한다면 저 파란 하늘에서 고개를 내리고 주
위를 두리번거릴 때였다. 땅은, 내가 딛고서 살아가는 이 땅은 왜 이리도 우
중충하고 못났을까.

스산한 바람이 다가와 슬그머니 등을 껴안았다. 저리 가라. 너 어찌하여
또 왔느냐?

계절이야 왔다가 가고 그렇게 돌고 도는 것일진대 이번 겨울은 혹독하고,
오래도록 이 땅을 배회할 것 같아서 우울했다. 바람결에 실려 온 소식들은
더욱더 나를 춥게 만든다.

이럴 때일수록 서로는 서로에게 어깨를 빌려주고 따뜻함을 나눠야 한다. 그게 가족이고 친구고 이웃이고, 그리고 사람 사는 세상일 테니까.

정글에서 길을 잃은 사람이 자신이 살던 도시의 지하철 노선도를 보고 무사히 정글을 빠져나왔다. 이것은 기적도 행운도 아니다.

지하철 노선도에는 그의 집으로 가는 길이 선명하게 그려져 있다. 2호선을 타고 가다 신당역에서 6호선으로 갈아타고 석계역에서 내려 마을버스를 타면…… 그가 사랑하는 가족과 꼬리 치는 강아지와 맛있는 김치찌개와 따뜻한 목욕물이 모두 거기에 있다. 그것이면 그가 돌아가야만 하는 이유가 충분하지 않은가.

그는 포기하지 않았다. 모든 성공하는 사람들은 끝까지 포기하지 않은 사람들이다.

나를 더 춥게 만든 이유는 정글이 거기에만 있는 건 아니라는 사실 때문이다. 우리는 도시의 콘크리트 정글 속에서 살고 있다. 그리고 정글은 살아 있는 생물체처럼 그 몸집이 조금씩 커져가고 있다. 점점 더 경쟁으로 내몰리는 우리들, 우리의 아이들……. 사람 사는 세상의 반대말은 정글이다.

그렇다고 절망하거나 겁먹을 필요는 없다. 살아 있는 생물체처럼 커져가는 정글이므로 때가 되면 서서히 쪼그라들고 사라질 테니까. 항상 지금과 같은 시절만 있는 건 아니다.

우리에게는 가야 할 길이 많이 남아 있다. 모든 사람이 똑같은 걸음걸이, 똑같은 속도로 걸어가지는 않는다. 남보다 앞서서 빠르게 가는 것이 우리 삶의 궁극의 목표일까. 지금 몇 발자국 앞서가는 것이 인생의 가장 중요한 시기를 바칠 만큼 중요한 일일까(사실 대다수의 학부모들은 남보다 뒤처지지 않기 위해 기를 쓰고 아이들을 공부에 몰아친다. 세상에나! 그것도 앞서기 위해서가 아니라 뒤처지지 않기 위해서다).

어쨌거나 포기하지 않고 끝까지 가는 거. 삶이 끝나는 날까지 자신의 길을 갈 수 있도록 도와주는 거. 현지 엄마 말마따나 삶은 오늘 하루 달리고 말 일이 아닌 건 분명하다.

다시 돌아온 춥고 암울한 시절, 고단한 인생길을 함께 달려 줄 그 누군가가 있는 이는 행복하다. 서로에게 페이스메이커가 되어 줄 수 있다면 인생은 참으로 살아볼 만한 멋진 그 무엇이다. 주위에 그런 사람 하나 없다고 가슴이 철렁 내려앉은 그대여, 부디 이 책이 그런 역할을 해 준다면…… 비로소 이 책이 태어난 보람 있으리라.

그리하여 나는 오늘도 희망가를 부른다.

홍은경

공부와 인생을 지켜주는
진정한 페이스메이커

이범

공부는 자기수양의 과정이다

수없이 많은 학생들과 상담을 해 오면서 느끼게 된 점이 있다. 공부는 '외형'
으로 하는 것이 아니라 마음으로, '내면'으로 한다는 사실이다.

흔히 학생들은 문제집을 몇 권 풀었네, 진도를 어디까지 나갔네, 하는 식
으로 자신이 공부한 외형적 성과를 거론한다. 하지만 제아무리 여러 권의
책을 봤고 많은 문제를 풀었다 할지라도, 진정한 내면적 이해와 자신감이
확립되어 있지 않다면 그것은 사상누각이요, 언제 무너질지 모른다.

이러한 불안함을 가장 잘 느끼고 있는 것은 무엇보다 학생 본인이다. 그
런데 이러한 불안감을 해소하기 위해 자신의 내면을 들여다보고 지식을 다
지거나 사고를 벼리는 일에 착수하기보다는, 다시 외형적 성과에 매달려

책을 몇 쪽 더 읽고 문제를 몇 문제 더 푸는 데 골몰하는 학생이 많다. 이러한 학생들은 공부를 '양量'의 문제 즉, 외형적으로 확인되는 가시적 성과의 문제로 환원시키는 것이다. 하지만 '외형'의 성과로 '내면'의 결핍이 메워질 리 없다.

상담을 하다 보면 최상위권 학생들이 가진 공통적인 특징이 있음을 발견하게 된다. 그들은 자신이 공부에 있어 내면적으로 얼마나 완성되어 있는지를 스스로 성찰하고 판단할 줄 안다. 무엇보다 자신이 얼마나 알고 있는지를 알고, 얼마나 모르는지를 안다. 그렇기 때문에 외형적인 성과와는 무관하게 자신에게 부족한 부분이 발견되면 이를 보완하는 작업을 수행한다. 보편적으로 공부와 관련된 '자기성찰 능력'을 가지고 있는 것이다.

어찌 보면 공부는 자기수양 과정이다. 실제로 우리 선조들에게 공부란 '학식'과 '인격'을 동시에 닦아 나가는 길이었다. 우리 선조만이 아니라, 서양의 오랜 인문주의 전통에서도 지식과 도덕은 따로 놀지 않았다. 물론 지금 우리 학생들에게 주어진 '공부'라는 과업은 대체로 인격이나 도덕과는 상관없는 지식과 기능의 영역이 되어 버렸지만, 그럼에도 불구하고 여전히 공부를 제대로 해내기 위해서는 여전히 자기성찰과 자신의 내면을 응시하는 힘을 요구하고 있는 것이다. 이런 면에서 공부는 자기수양이라는 측면을 여전히 가지고 있다.

공부 효율을 높이는 자기성찰의 힘

보통 중간고사나 기말고사에서는, 내면적인 성찰 능력을 가진 것이 두드러지게 유리하지는 않다. 시험 범위가 짧기 때문에, 꾸준히 일정한 페이스를 유지하든 벼락치기를 하든 간에 성적은 크게 차이가 나지 않을 수 있다.

하지만 범위가 넓은 수능이나 논술을 대비할 때에는, 내면적 성찰 능력을 갖춘 학생과 그렇지 않은 학생간의 차이가 크게 벌어질 수밖에 없다. 왜냐하면 수능이나 논술은 중간·기말고사처럼 '단기 기억'에 의존해서 대처할 수 있는 시험이 아니라, '장기 기억'을 요구하는 시험이기 때문이다.

'단기 기억'을 '장기 기억'으로 바꿔 내려면 어떻게 하면 되는지는 이 책에 다 나와 있다. '짧은 주기로 여러 번 복습하라'는 것이다. 하지만 일단 많은 학생들은 아예 복습을 하지 않는다. 외형적 성과에 치중하는 습성의 전형적인 모습이다. 이러한 학생들에게는 '한 번 봤다'는 것이 중요하지, '진정 나의 것이 되었는가'는 중요하지 않다. 설령 복습을 한다 해도 한 번 슬렁슬렁 다시 보는 정도이다.

반면 자기 내면을 들여다볼 줄 아는 학생들은 어떤 내용을 과거에 몇 번 보았는지가 중요하지 않다. 비록 여러 번 봤던 내용이라 할지라도 현재 자신이 오롯이 이해하거나 암기해 내지 못한다고 판단되면, 그것을 다시 들여다보는 작업을 기꺼이 수행한다. 반면 한 번만 본 내용이라 할지라도 충분히 이해되어 다시 복습할 필요가 없다고 판단되는 것은 다시 보지 않는다. 이 모두 자기가 아는 것과 모르는 것을 냉정하게 구분할 수 있는 내면적인 능력이 있어야 가능하다. 이렇게 되면 자연히 공부의 효율이 올라간다. 이런 학생이 특히 범위가 넓은 시험을 볼 때 강점을 보이는 것은 너무도 당연하다.

페이스메이커로서 부모의 역할

공부는 '자기수양'의 과정을 내포한다. 하지만 그렇다고 해서 공부를 자기 혼자만의 힘으로 해 나갈 수 있는 것은 아니다. 세상만사가 다 그러하듯이 공부에도 꾸준함이 반드시 필요하다. 물론 매일 공부만 하며 살 수는 없다. 그러나 장기간 공부를 등한시 하거나 들쑥날쑥하게 진행한다면 원하는 내면적 완성의 수준에 이르는 것은 거의 불가능하다. 따라서 다른 영역의 성장이나 성숙과 마찬가지로, 공부에 있어서의 성공도 당연히 주변의 도움과 보조를 필요로 한다. 이 과정에서 필요한 것이 바로 페이스메이커다.

스포츠 중계를 보다 보면 흔히 해설자가 '페이스를 잃지 말아야 한다'라는 말을 하곤 한다. 페이스란 원래 걸음걸이, 또는 발걸음의 보조나 속도를 뜻한다. 그런데 아무래도 자기 혼자서는 페이스를 유지하기 어렵다. 그래서 육상이나 수영 선수들은 동료 중 한두 명을 페이스메이커로 삼아 함께 훈련하고, 시합 중에도 경쟁 선수들 중 한 명을 가상의 페이스메이커로 설정하기도 한다.

그렇다면 누가 자신의 페이스메이커가 될 수 있을까? 부모일 수도 있고,

선생님일 수도 있으며, 선배나 친구, 또는 그 밖의 지인일 수도 있다. 그중에서도 특히 부모의 역할이 절대적으로 중요하다.

실제로 실증 조사를 해 보면, 부모와의 대화 시간과 성적 사이에 강한 상관관계가 존재한다는 것을 알 수 있다. 자녀의 학업이 지지부진하다면, 학원을 한 군데라도 더 알아볼 것이 아니라 자녀가 가진 욕망과 겪고 있는 어려움이 무엇인지에 대해 자주 대화하려고 시도하는 것이 훨씬 중요하다.

자녀를 끌고 가는 부모, 자녀와 함께 가는 부모

부모가 일방적으로 자녀를 끌고 가는 것을 페이스메이커 역할로 착각해서는 곤란하다. 많은 극성 학부모들은 자녀가 초등학교 다닐 때부터 (심지어 그 이전부터) 자신이 만들어 놓은 허상 속에 아이를 가둬 놓으려 한다. 아이를 신뢰하지도 않고, 아이에게 충분한 시간을 주고 기다려 주지도 않는다. 아이를 거의 공부하는 '로봇'으로 만들려는 것이다. 그 결과 끊임없이 자녀와 충돌하고, 아이의 자존감에 상처를 준다.

물론 부모의 심정이 이해되지 않는 것은 아니다. 이 사회는 학생들을 더욱 심한 경쟁으로 몰고 간다. 괜찮은 학벌과 스펙으로 무장시키지 않으면 비정규직으로 전락하기 알맞다. 주변에 있는 알파맘과 그들의 아이, 소위 엄친아, 엄친딸에 관한 풍문이 뇌를 자극하면, 우리 아이도 뭔가 시켜야 한다는 강박 관념이 치솟는다.

하지만 그렇다고 해서 황소에 고삐를 매달아 끌고 가듯이 자녀를 대하면, 성공할 수 있을까? 자녀가 어릴 때에는 성공할 것처럼 보이는 경우도 있다. 하지만 자녀가 청소년기에 도달하면 이러한 방법에 익숙해진 부모는 대부분 좌절을 겪게 된다. 자아의 독립성이 무럭무럭 커 나가는 사춘기에 자녀가 이러한 상황을 견딜 리 없기 때문이다. 자녀는 때로는 명시적으로 반항하고, 때로는 태업과 거짓말로 맞선다.

자녀를 일방적으로 끌고 가는 부모는 절대로 페이스메이커가 될 수 없다. 왜 그럴까? 진정한 공부는 내면적인 자기수양의 과정을 내포하고 있기 때문이다. 그렇다면 당연히 페이스메이커는 학생의 내면과 대화할 수 있어야 한다. 그런데 황소를 끌고 가는 주인이 황소의 내면과 소통할 리 없다. 이 당연한 진리를 너무 많은 학부모들이 간과하고, 오늘도 자녀를 사육하는 동물이나 로봇 같은 존재로 전락시키고 만다.

공부는 세상과의 소통을 배우는 첫걸음이다

자녀를 공부로 몰아붙이면서 "이게 다 너 잘되라고 하는 거야!"라는 말을 아무렇지도 않게 내뱉는 부모들이 많다. 하지만 '너 잘되라고……' 식의 표현이야말로 어찌 보면 가장 끔찍한 말일 수 있다. 물론 이런 말에는 부모로서의 본능적인 애정이 묻어 있음을 부정할 수는 없다. 하지만 이 말은 공부를 개인적 영달과 성공을 위한 수단으로 전락시키는 표현이다. 공부의 가치와

가능성을 드높이는 게 아니라, 오히려 공부의 가치를 사정없이 깎아내리는 표현인 것이다.

　나름 힘겨운 공부를 하면서 '이게 다 나를 위한 것'이라고 믿는 학생이라면, 행여 훗날 성공할지라도 그 결과로 얻어지는 금전이나 사회적 지위를 오로지 개인적인 성취물로만 여기게 된다. 보다 거시적인 맥락에서 자기의 도리나 사회적 가치를 생각하지 않는 '이기적인 삶'이다. 이런 사람들이 과연 정상적이고 건전한 어른이 될 것인가? 최고의 명문대를 나와서 사회적으로 대접받는 자리에 올랐다가 비리 사건에 연루되어 신문을 장식하는 사람들이 한둘이 아니다. 무엇보다 근본적으로, 오로지 자신의 개인적 영달을 위해 난관과 역경을 헤쳐 나가는 것이라면 우리의 일생이 너무나 허무하지 않은가? 청소년기의 예민한 감수성을 가진 학생들은, 어른보다 훨씬 예민하게 이러한 허무함을 포착한다.

　청소년기의 공부는 자신만을 위한 과정이 아니다. 이를 통해 다른 사람을 도울 수 있는 역량도 더욱 커지며, 사회에 기여할 수 있는 새로운 통로들이 열리게 된다. 공부를 통해 더 많은 돈을 벌고 더 높은 사회적 지위에 오르는 것보다, 공부를 통해 할 수 있는 '보람된 일'이 더 늘어난다는 점을 깨우쳐 줘야 한다.

　교육 선진국들에서는 아예 배우는 과정 자체가 타인과의 협동과 상호작용을 통해 이뤄지도록 한다. 우리나라에서 '수업'이라고 하면 교사의 일방적인 강의를 무비판적으로 머릿속에 주입하는 과정이라고 여긴다. 반면 교육 선진국들은 유난히 모둠수업(학생 4~5명 단위로 팀을 구성하여 서로 협력하며 학습 과업을 수행해 가는 것)을 많이 활용하며, 동료들과의 토론과 공동 탐구가 활성화되도록 유도한다. 실제로 어른이 되었을 때 '혼자' 하는 일보다 '여럿이' 하게 되는 일이 훨씬 많다는 사실을 고려해 보면, 이러한 수업 방식이 가진 합리성과 가치를 새삼 깨닫게 된다.

궁극의 페이스메이커는 본인의 내면에

생물학에서는 심장 박동을 조절하여 규칙적인 신호를 보내는 부위를 '페이스메이커'라고 부른다. 즉, 우리는 이미 생물학적인 페이스메이커를 가지고 있는 것이다. 공부와 관련된 페이스메이커도, 궁극적으로는 자신의 내면에 장착되어야 한다. 특히 점차 자립심이 커 나가는 청소년기에 페이스메이커가 점차 내면화되는 과정이 수반되는 것이 자연스럽다. 처음에는 부모와 같은 타인을 페이스메이커 삼더라도 말이다.

페이스메이커가 내면화되는 과정은 중학교를 전후한 시기에 서서히 점진적으로 이뤄지는 것이 바람직하다. 이유는 첫째, 대략 중학교 시절에 자아의 독립성이 크게 높아지기 때문이고 둘째, 이때부터 본격적으로 공부 노하우를 익히고 자기주도적인 학습이 가능하기 때문이다.

초등학교 시절에는 현실적으로 공부의 노하우를 익힌다는 게 어렵다. 그러므로 공부의 노하우가 집중적으로 형성되는 중학교 시기에 여러 시행착오를 거쳐 자기가 어떤 방식으로 학습을 진행하고 관리할 때 가장 좋은 효과를 보는지 알아야 한다.

계획은 어떻게 세우고, 시간 관리는 어떻게 하고, 복습은 어떤 방식으로 하는지 등등 자잘한 노하우가 축적되어야 자기주도적 학습이 가능하기 때문이다.

결국 페이스메이커 역할을 하는 부모들은, 자녀가 중학교에 들어가는 시기부터 조금씩 조금씩 자기주도적 학습 능력을 갖도록 유도할 필요가 있다. 어떤 공부 요령과 시간 관리법을 이용했을 때 가장 효과적이고 스트레스가 덜한지를 자녀가 스스로 깨우치도록 도와줘야 한다. 그리고 이러한 과정을 통해 자녀가 조금씩 페이스메이커를 자기 내면에서 형성해 가도록 해야 한다.

학원은 절대 근본적인 해결책이 될 수 없다

내면의 페이스메이커를 만들어 가는 과정에서 가장 해로운 것 중 하나가 바로 사교육이다. 특히 중학교 시기는 자기주도적 학습 능력이 본격적으로 갖춰지는 시기인데, 이때 특목고다 뭐다 해서 3년 내내 학원을 거의 전 과목 다니다시피 하는 학생들이 많다. 하지만 학원에 다니게 되면 학습의 계획, 실행, 평가 등을 모두 학원이 주도하게 되므로, 자기주도적 학습 능력을 키우기란 거의 불가능해진다.

학원에 의존하는 아이들은 학습 집중력이 약한 경우가 많다. 같은 내용을 여러 번 반복해서 배우는 데 익숙해지기 때문이다. 방학 중에 선행 학습으로 한 번, 학기 중에 학교에서 한 번, 학원에서 또 한 번, 그리고 중간·기말 고사 보기 전에 학원에서 시험 대비해 주는 것까지……. 부모가 시키는 대로 학원과 학교를 왔다 갔다 하면 같은 내용을 최소한 네 번 이상 반복해서 수업받게 되니, 자연히 지적 긴장도와 집중력이 떨어지고 학습 효율이 낮아진다.

이러한 아이들이 '자기수양으로서의 공부'를 맛보게 될 가능성은 희박하다. 가장 최악인 점은, 이들 중 상당수의 마음속에 의존적인 성향이 뿌리박게 된다는 것이다. 독립할 때가 되어도 부모 품을 떠날 줄 모르는 '캥거루족'이나, 자녀가 취직하고 결혼한 이후까지도 계속 부모가 자녀를 돌보게 되는 '헬리콥터 부모'의 이야기가 남의 얘기가 아닐 수 있다.

꼭 학원을 다녀야겠다고 생각되면, 동시에 다니는 학원을 두 과목 이내로 제한해야 한다. 적어도 다른 과목에서 여러 가지 시도를 통해 자신에게 알맞은 공부 노하우를 쌓을 수 있는 기회를 가져야 하는 것이다.

인터넷 강의를 알아보는 것도 좋은 방법이다. 인터넷에는 수준 높은 무료 강의도 많이 있지만 유료 강의라 할지라도 학원보다는 상당히 저렴한 편이다. 무엇보다 학습의 계획, 실행, 평가 등의 전 과정을 학생 본인이 스스로 챙겨야 하기 때문에, 학습의 주도권을 전적으로 내줘야 하는 학원 수강에 비해 훨씬 부작용이 적다. 그리고 인터넷 강의를 이용하게 되면 공부가 이뤄지는 장소가 가정이 되기 때문에, 부모에게 페이스메이커로서의 역할을 보다 폭넓게 수행할 수 있는 기회를 준다. 우리나라는 사교육비 비중이 명실상부한 세계 최고일 뿐만 아니라, 학생들이 경험하는 학습 부담과 경쟁의 강도도 세계 최고 수준이다.

이런 교육 환경에서 힘겨운 시기를 겪고 있는 모든 학생들과 사춘기 자녀를 둔 부모들에게 이 책이 조금이라도 도움이 되었기를 바란다.

나의 공부와 인생을
성장시키는 7가지 열쇠

사춘기 수호천사

개정판 1쇄 인쇄 2016년 5월 24일
개정판 8쇄 발행 2019년 6월 4일

지은이 이범(교육평론가) 홍은경(동화작가)
펴낸이 김선식

경영총괄 김은영
콘텐츠개발3팀장 윤세미 **콘텐츠개발3팀** 심아경, 한나비, 이현주, 박화수
마케팅본부 이주화, 정명찬, 최혜령, 이고은, 이유진, 허윤선, 박태준, 박지수, 김은지, 배시영, 기명리
저작권팀 한승빈, 이시은
경영관리팀 허대우, 박상민, 윤이경, 김민아, 권송이, 김재경, 최완규, 손영은, 이우철, 이정현
외부스태프 서정 Contents Agency(기획) 박링고(일러스트)

펴낸곳 다산북스 **출판등록** 2005년 12월 23일 제313-2005-00277호
주소 경기도 파주시 회동길 357 3층
전화 02-702-1724 **팩스** 02-322-5717 **이메일** dasanbooks@dasanbooks.com
홈페이지 www.dasanbooks.com **블로그** blog.naver.com/dasan_books
종이 한솔피엔에스 **출력·인쇄** 갑우문화사

ISBN 979-11-306-0834-1 (03810)

다산북스(DASANBOOKS)는 독자 여러분의 책에 관한 아이디어와 원고 투고를 기쁜 마음으로 기다리고 있습니다.
책 출간을 원하는 아이디어가 있으신 분은 이메일 dasanbooks@dasanbooks.com 또는 다산북스 홈페이지 '투고
원고'란으로 간단한 개요와 취지, 연락처 등을 보내 주세요. 머뭇거리지 말고 문을 두드리세요.